달빛이 흘리고 간 소리

달빛이 흘리고 간 소리

2012년 10월 22일 1판 1쇄 발행

지은이·이경우 | 발행인·이선우
펴낸곳·도서출판 선우미디어
　　　등록 | 1997. 8. 7　제300-1997-148호
　　　110-070 서울시 종로구 내수동 75 용비어천가 1435호
　　　☎ 2272-3351, 3352 팩스: 2272-5540 sunwoome@hanmail.net
　　　Printed in Korea ⓒ 2012 이경우

값 12,000원

ISBN 978-89-5658-326-6 03810

달빛이 흘리고 간 소리

이경우 수필집

선우미디어 sunwoomedia

들머리 말

맥 놓고 하늘을 쳐다보다 구름을 헤치고 나오는 선녀를 봅니다. 방바닥을 걸레질 치다가도 만납니다. 며칠 전에도 찾아왔었습니다. 생각해보니, 지난해에도 십 년 전에도 만났었습니다. 그리고 전생에서도 몇 번 부딪혔던 사건을 그제야 기억해냅니다. 가슴이 열리기를 기다리는 실바람 같은 감성입니다. 그 영감들을 무심히 흘려보냈습니다. 먹고, 자고, 손발부리는 하찮은(?) 일에 열중하느라 놓친 중요한 것을 찾아올 일이 난감합니다.

아무것도 아닌 육신을 하대했습니다, 걸작 한 편을 쓸 수 있다면 장애가 되어도 좋다는 욕망을 가졌었습니다. 그것이 특별한 몇 사람에게만 부여되는 은총이라는 것을 알아버린 날 절망했습니다. 문장이 명절 전날 고속도로에 막힌 자동차 처지가 되는 순간에는, 어김없이 컴퓨터자판에 코방아를 찧으며 그적의 철없음을 기억해냅니다.

글쓰기란 태생적 결핍을 채워보려는 몸부림입니다. 그리고 장마의 산사태처럼 무너져 내리기 즐겨하는 자존감 끌어올리기입니다. 그 결과가 갈등표출의 자의적인 졸작이 되었습니다. 그럼에도 불구하고 네모리노의 〈남몰래 흘리는 눈물〉이 사랑을 불러왔듯이, 허공을 향한 그것들이 한 두 사람에게는 닿을지 모른다고 자위해봅니다.

서정수필, 서사수필, 기행수필을 고르게 써 보려 합니다. 마크 트웨인은

"천국에는 유머가 없다"

고 했습니다. 매일 두 다리로 밟는 이 자리도 유머가 필요 없는 천국이 되었으면 싶어서 3부에 유머수필을 실었습니다.

거울에 비친 모습에 가슴이 무너지는 소리를 들어보신 분, 자신의 의사와 상관없이 부여하는 외부의 통증을 담담히 수용하시는 분에게 이 책을 드리고 싶습니다.

몇 번의 유산 위기를 넘기고 어렵게 햇빛을 본 자식입니다. 스마트폰 대신 손놀림 감으로 전철 안에서 잡으시고, 심심풀이 땅콩대신 눈으로 드셨으면 하고 기대해 봅니다. 휴일에 소파 위에서 낮잠 주무실 때 얼굴 덮개로 쓰셔도, 활자에 침 두어 방울 흘려주시고, 감기 들리셨을 때 거친 종이지만 두어 장 뜯어 콧물 닦으셔도 영광이겠습니다. 질책이나 격려로 책값을 주신다면 더욱 감사히 받겠습니다.

2012년 가을에 지은이

| 차 례 |

제1부

그가 나의 누구입니까

달빛이 흘리고 간 소리
한강 그리고 열여섯 살
커피가 있는 아침
버스 안에서
마감 5 분 전이다, 큰 일 났다
그가 나의 누구입니까
만석거 연잎의 행위예술
얼굴이 너무 무겁다
맷돌 웃음
그리고 37.8도의 취기를 기다린다

달빛이 흘리고 간 소리

끊어질 듯 이어지는 작은 소리에 잠이 깼다. 아파트 벽에 부딪히는 바람소린가, 거실 화초들의 수런거림인가? 남쪽 창문을 활짝 열었다. 새벽 3시의 허공이 별 하나 없이 그냥 검다. 신경을 건드리던 맞은편 교회 꼭대기의 네온도 꺼져있다. 전기스탠드와 책 틈서리와 볼펜꼭지까지 까망 적막이 붙어있다. 내게는 미열이 있었다.

시간을 낭비한 날이나 입장료가 아까운 생각이 드는 영화를 본 날, 또는 미진한 감정이 남은 날 밤에는 작은 소리에도 잠이 깬다. 교양 있는 소리에 물려, 날것의 자연소리가 듣고 싶은 날도 그렇다.

낮에는 보청기를 써도 들어야할 소리들의 반은 놓친다. 젊은 여자들, 특히 정확한 발음을 해야 하는 아나운서들도 마침표를 무시하고 두 문장을 붙여 발음한다. 빠르게 주워섬기다 어미만 길게 강조하는 '~다, ~다'가 들린다. 마이크를 통과한 강의사운드는 야속하게 주어와 목적어를 생략한다. 메모하려던 볼펜 쥔 손목이 나른해진다. 내이(內耳)의 뇌 전도율에 커튼이 내려졌다. 치료방법도 없단다. 건강 상태에 따라 상황에 따라 매번 다르게 연출하는 청각의 능력에 놀랄 뿐이다.

밤에는 보청기를 빼도 작은 소리까지 잡아낸다. 낮에 무디었던 청신경이 밤에 예민해지는 것은 무슨 조화일까, 맑아지는 공기 탓일까, 낮보다 밤에 듣고 싶은 소리가 많아서일까, 아니면 소음을 순화시키고 싶은 청각의 항성(恒性)일까?

어릴 때는 소리에 예민했다. 엷은 잠결에서 부엌의 사기그릇 부딪히는 소리와 콩깍지 타는 리듬을 즐겼다. 햇살 퍼지기 전에 가마솥 뚜껑 사이를 비집고 나오는 김과 아궁이에서 퍼지는 열기, 그리고 외양간 소의 콧김으로 처마의 고드름이 쏟아졌다. 중간이 뭉텅 부러져 떨어지며 댓돌에서 부서지는 차가운 비명은 내가 들어 본 소리 중에 가장 맑고 고운 음이었다.

한밤에 잠이 깨었다. 윗목에 요강이 있는데 무엇에 끌리듯 동생이 뚫은 창구멍에 눈을 댔다. 때마침 방안을 엿보던 달빛과 시선이 딱 맞부딪쳤다. 고무신을 신고 울타리 밑에 쪼그리고 앉았다. 사랑채 용마루 한 뼘쯤 위에서 보름달이 흐벅지게 웃고 있었다. 달빛은 안마당을 깔고 부엌문을 두 뼘이나 기어올랐다. 세상의 달빛이란 달빛은 다 내 집 마당으로 모였다. 내를 건너듯 조심조심 달빛을 밟고 툇마루에 걸터앉았다. 가장 고요하고, 가장 부드럽고, 가장 아늑한 소리에 취했다. 두레박이 기우뚱대며 우물물을 흘리는 소리처럼 맑다, 달빛이 흘리는 소리는.

달도 나만치 심심했나보다. 때로 가만가만 완자문을 흔들어 깨웠다. 달빛은 봉당의 강아지꼬리를 살랑살랑 흔들었다. 오동잎을 간지럼 태우며 웃었고, 구름 속을 들며나며 곳간 앞에 세워둔 멍석을 귀신으로 둔갑시켜 내 가슴을 졸였다.

그 해 동리에 홍역이 돌았다. 내 몸도 열꽃을 피웠다. 천장의 연속무늬가 인절미를 나눌 때처럼 죽죽 늘어나고, 다락문의 당초무늬도, 마루로 통하는 미닫이의 완자문양도 출렁거렸다. 앞뒤를 잘라버린 가운데토막 같은 어둠 안에서 손톱이 피멍들도록 동굴벽을 긁었다. 저승사자의 발자국소리 틈새로 다급히 부르는 다른 소리도 있었다.

"꼬맹아, 꼬맹아!"

아버지가 불러주시던 애칭이다. 소리를 따라 입구라고 짐작되는 쪽으로 기어갔다. 놀라웠다. 육간대청에 천상의 것인가 싶은 춤 잔치가 열렸다. 백자같이 하얀 얼굴, 흰 고깔과 흰 자루를 뒤집어쓴 내 또래의 동자들 수십 명이 춤을 추고 있었다. 한삼자락이 넘실댔다.

"얼~싸, 절~싸."

한 동자가 왼쪽 다리를 들면 마주선 동자가 오른쪽 다리로 받았다. 둘이 얼싸안고 왼쪽으로 돌고, 뒤주 위의 모란문양 항아리를 한 개씩 안고 오른쪽으로 돌았다. 마루청이 쾅쾅 울리고 건넌방 문 앞에 세워둔 돗자리도 겅중거리다 쓰러졌다. 놀란 분합문도 한 아름 벌린 입을 다물지 못했다.

"쉬이~."

가슴에 가느다란 소리를 켜놓았다. 몸을 파르르 떨었던 것 같다.

동자들의 몸이 점점 작아졌다. 강아지만큼, 병아리만큼, 청개구리만큼 작아지며 춤도 노랫소리도 잦아들었다. 스무 번쯤 눈을 깜박였더니 흰 비단 피륙이 대청에 펼쳐졌다. 동자들은 누에고치처럼 생긴 타원형 무늬 안에 하나씩 들어가 번데기처럼 엎드렸다. 달빛은 명주자락을 끌어당기는 잔잔한 파장으로 일렁였다.

약 한 첩 쓰지 않고 자리를 털고 일어났다. 저승까지 쫓아온다는 홍역을 치르고서야 비로소 사람이 되었다. 내가 정신을 차린 밤에 남동생 셋이 누웠고, 내가 업어주던 돌쟁이 동생은 끝내 열꽃을 피우지 못했다. 한참거리 떨어진 동네의 아홉 살 조카와 네 살짜리 삼촌, 대여섯 명 아이들이 거적에 싸여 나갔다.

이름이 불리면 난롯가에 선 세 살짜리 아이처럼 움찔한다. 거친 음과 제지하는 소리들을 너무 많이 들었나보다. 보청기는 들어야 할 소리와 소음을 비슷한 데시벨로 조합해 들려준다. 거친 파도소리, 바람에 나뭇잎 뒤집는 소리, 뱃고동소리, 때로는 앉을 곳을 찾지 못한 새의 날갯짓소리. 청신경이 늘 피곤한 것은 소음 안에서 들어야할 소리를 잡아야하기 때문이다. 소음을 끄면 들어야하는 소리도 꺼진다. 무인도에 떨어진 적막이다.

그럼에도 불구하고 때로는 달빛이 흘리고 간 소리를 줍는다. 소리들을 걸러내는 보이지 않는 귀걸이 덕분이다, 심성의 감응이다.

"꼬매앵~아~~"

라고 부르는 소리에 살아있음을 확인한다. 그리해 불편하기 짝이 없는 소음은 낭만이기도 하다, 아주 가끔은.

≪에세이문학≫ 등단작

한강 그리고 열여섯 살

　전철이 제일한강철교에 들어섰다. 강은 넓은 비단 폭을 펼쳐놓은 모양새다. 언제나 그렇듯 강물은 흐른다. 물소리를 들으려 귀를 연다. 윤슬이 반짝이며 햇볕을 되쏘고 있다. 물비늘은 쉬지 않고 뒤집고 뒤집힌다. 천년을 흘러도 변하지 않을 듯이 그러나 무시로 변하며 강은 흐른다. 눈으로 듣는 물소리도 우람하다.

　붉은 수은 불빛을 수면에 담은 밤의 강도 좋다, 그러나 본 모습을 드러내는 낮의 강이 더 좋다. 일주일 전에 책에 몰두했다가 내릴 정거장을 지나쳐 하루 여섯 번 한강을 건넌 일이 있었다. 여섯번째 만난 한강도 여전히 신선한 충격이었다. 두려운 어른이었다가 가슴 저린 시(詩) 한 연(聯)이고, 서러운 민요가락으로 뒤통수를 잡아당겼다. 강위에 머무는 시간은 항상 늘리고 싶다.

　열여섯 살에 매일 한강을 건너다녔다, 노량진에서 수송동 숙명

여학교로 통학했다. 지금은 한강에 스물여덟의 다리가 놓였으나 50년대 초에는 제일한강교뿐이었다. 청량리와 노량진을 오가는 전차의 종점은 한강다리 중간이었다. 6·25 때 폭파했던 다리, 인도와 차도는 연결했어도 전차 레일은 강 가운데서 멈췄다. 전차를 기다리며, 내려서 걸으며 날씨 따라, 기온 따라 모양을 바꾸는 물의 파장과 친숙해졌다.

'직립성저혈압'이 몰고 오는 두통은 여름에 더 심했다. 통증을 1에서 10으로 나눌 때 겨울에 3~4라면 여름에는 6~7정도였다. 여름의 내 뇌의 온도는 39도쯤 되나보다. 두통을 부추기는 여름의 뜨거움이 싫었다. 휴일에 끓는 머리를 식히러 강가로 나갔다. 더운 공기가 가득 찬 머리가 몸을 달고 애드벌룬 같이 떠오를 것 같아 강둑에 서서 손으로 머리를 꾹꾹 눌렀다. 그렇게 여름을 견디며 겨울을 기다렸다. 겨울이라고 크게 달라질 것 없어도.

'한강'이라고 발음하면 소름이 돋는다. 연탄 두 장으로 여덟 식구의 취사와 난방을 해결했다. 없어야 좋았을 셋째 딸은 언니들이 중단한 중학교를 다녔다. 문 앞에 잠자리를 정하고 체온으로 방바닥을 데웠고, 죄인의 심정으로 문틈으로 들어오는 황소바람을 막았다. 어머니는 절대로 계집애 밥을 먼저 푸지 않아 아침과 도시락을 생략 당했다.

그 겨울은 삼한사온을 비웃듯, 영하 십오륙 도까지 내려가는 날씨가 보름이나 이어졌다. 강태공들이 얼음에 두 뼘쯤 되는 직사각형 구멍을 뚫고 낚싯대를 담그고 앉았다. 미군부대에서 흘러나온 국방색 옷과 국방색 방한모에 싸락눈이 빗금을 그으며 내려앉았다. 그 을씨년스러움이 열여섯 살 눈에는 동양화의 낭만으로 비쳤다.

서해의 바닷바람은 정지신호 없이 강줄기를 타고 우르르 달렸다. 밤새워 달리고 새벽을 지나 이른 아침까지 달리는 버릇을 버리지 못했다. 외투도 내의도 없는 다섯 자짜리를 사정없이 흔들었다. 바람이 떠밀면 번데기처럼 몸을 웅크렸다. 뺨과 손등에 얼음이 배겼다.

"땡땡, 땡땡, 땡땡."

여섯 번 전차의 출발신호가 울리면 전깃줄에선 스파크가 번쩍였다. 전차는 시속 8킬로미터로 달리다 정전으로 두어 번 서기를 예사로 종각역까지 두 시간이 넘게 걸렸다. 다려 입은 교복과 운동화가 엉망인 채 청진동 골목에 들어서면 해장국 냄새가 온 몸을 휩쌌다.

하교 길에도 한강 난간에 자주 기대어 섰다. 계집애의 앞날은 안개 속에서 손짓하는 무지개다. 가슴은 위장보다 더 심한 결핍을 호소했다. 또래보다 외로움이 더 심했다. 그적의 내게, 아무도 눈길을 주지 않았던 것은 지금 생각하니 무척 다행이다. 눈감은 채 아무나의 가슴으로 뛰어들었을지 모르니.

삼신할머니의 실수였다. 일에 싫증난 할머니가 느릿느릿 빚을 때 초파리 두 마리가 뛰어들었다. 효소 냄새를 따라 머리에 들어온 초파리는 밖으로 나오려 몸부림쳤다. 한창 지식을 흡수해야할 나이에 베개 위에 엎드려 견디어냈다. 수업시간에 엎드리지 않으려고 공책 살 돈으로 사리돈을 사 먹었다. 하지만 아무에게도 말할 수 없었다.

그 시원찮은 머리를 추위가 키웠다. 코끝이 빨갛게 얼어올 때쯤 머릿속은 맑아졌다. 몸이 얼면 머리는 조금 시원했다. 대중없는 사고가 벼랑 사이에 걸린 줄사다리를 타듯 오갔다. 그리하여 뼛속을 파고드는 강바람에 맞서기를 즐겼다. 다리 위에 서면 강물은 때로 나를 빨아들이려 했다. 유엔헌장은 강 밑바닥에 씌어 있었다.

"모든 인간은 평등하고 누구나 하고 싶은 일을 할 수 있다."고 윤슬이 속살거렸다. 보이지 않는 손이 등을 와락 떠밀려 했다. 냉큼 난간을 놓고 물러섰다. 현기증이었다.

2월, 종업식이 있던 날도 강둑에서 서성거렸다. 강심의 물결은 퍼렇게 넘실대고, 가장자리의 얼음조각은 깨진 유리조각 같이 예각으로 햇빛을 반사했다. 서쪽 난간을 잡았다. 해의 붉은 토사물을 받아내는 물마루가 화려했다. 일렁이는 파장도 오색이었다.

낙엽을 닮은 물비늘이 수면을 덮었다. 잎사귀마다 작은 얼굴들이 얹혔다 사라지고 다시 올라탔다. 그리 떴다 잠겼다하며 얼굴들이 떠내려갔다. 자세히 보니 알만한 얼굴들이다. 인간 향을 지닌 제인에어, 연약하고 당당한 소냐, 인간의 야만성을 울부짖는 불드

쉬프의 얼굴도 보였다. 그녀들은 낚시꾼 다래끼에 담긴 잉어처럼 입을 뻐끔거렸다.

만나고 싶었던 얼굴들이다, 열여섯 살 가슴을 아리게 하는 얼굴이다, 세속적 행복을 누리지 못한 인물들이다. 한데 물위에 뜬 얼굴들은 전혀 불행하지 않다는 표정이다. 그녀들이 내게 보내는 암호는? 사위가 캄캄해지자 뻐끔거리며 사라지는 입들이 아린 충일감을 전해주었다.

희로애락의 감정도 생략당한 채, 창백한 얼굴을 한 나는 영락없는 폐병쟁이였다. 그러나 어쩔 수 없는 열여섯 살이었다. 바람결을 타고 노는 물결에서 낭만도 읽었다. 그곳에는 화려한 드레스를 입고 강둑을 휩쓸며 쓰러질 때까지 왈츠를 추는 환상도 있었다.

오십 년 전같이 간절할 것 없는 몸은 엿가락처럼 늘어진다. 나태한 몸과 마음을 들고 겨울 강가를 다시 찾는다. 코끝에 삶의 열정이 맵게 매달린다. 아득한 기쁨과 슬픔, 소중했던 열여섯 살.

또다시 오십 년이 지난 어느 겨울, 16세의 소녀가 한강 난간에 기대어 가늘게 흐느낄지 모른다. 강물은 열여섯 살의 등을 또 두드려 줄 것이다, 창자를 훑어내는 비애와 화려한 왈츠를.

커피가 있는 아침

　백화점의 커피 코너에 들렀다. 원두커피도, 가공품도 다양하다. 연두색 콩을 볶아 갈고 거름종이에 거른 솔루블(soluble)은 카페인 양을 조절할 수 있어서 좋다. 가장 쓰고 가장 싼 인도네시아산 로부스타에 인공향을 섞은 헤이즐넛은 향이 좋다. 믹스분말과 우유나 초콜릿과 섞은 캔 종류도 많다.

　물처럼 마시는 디쉬워터, 아랍인의 터번을 상징하는 카푸치노, 40도에서 가장 맛을 내는 쓴맛으로 아이스커피도 만든다. 입술이 닿는 부분에 레몬즙과 굵은 입자의 설탕을 묻힌 커피샤워. 잔 위에 설탕과 스푼을 놓고 불을 붙여 내리는 나폴레옹 카페로열. 사향고양이 소화기를 거친 루왁은 너무 곱지도 거칠지도 않으며 침전물 없이 갈아야한다. 커피마니아들은 이리 다양한 맛으로 미뢰(味蕾)에게 즐거움을 준다. 분쇄하고 거르는 번다함만큼 맛의 차이를 못

느끼지만 로부스타나 리베리카는 정서에 맞지 않는다. 부드러운 향과 맛을 지닌 해발 800미터 에티오피아 산 아라비카를 집었다.

커피는 진통제였다. 십대부터 '직립성저혈압'에 시달려 김치종발에 커피를 탔다. 잠을 설치거나 뇌가 쾌청하지 못한 날은 한 잔 커피로 지낼만했다. 하지만 뇌에 먹구름이 짙게 낀 날이나 늦게 대령한 날은 커피귀신이 용하게 알아 농도 짙은 두통을 처방했다. 망치로 두드리는 통증에는 커피와 함께 사리돈을 삼켰다. 커피는 신경을 날 세우고, 진통제는 신경을 마비시키는데 반대성질의 둘이 만나 어떤 화학작용을 하는지 모르나 아무튼 옴니암니 통증을 지워갔다.

다른 세포는 11년을 주기로 바뀌는데 신경세포만은 죽을 때까지 교체되지 않는단다. 살아남은 신경선은 예민해지는 것 같다. 오후 커피는 불면증을 불러왔다. 오후에 마시고 잠잘 수 있다면 엄청 많은 커피를 축냈을 게다. 해발 500미터의 티베트 커피농사꾼은 이런 까탈진 신경을 탓할지도 모른다.

언제부터인지 커피는 하루를 시작하는 의식이 되었다. 식탁에서는 절대 마시지 않는다. 전날 밤 숙면이 다섯 시간이면 한 술, 세 시간이면 두 술, 노루잠이라면 다섯 술, 날밤 새운 날은 고봉으로 일곱 술을 탄다. 그걸 들고 내 거실을 들여다보는 남산의 서장대를 향해 물소가죽소파에 앉는다, 네로황제처럼 비스듬히.

직각으로 앉은 옆 동 모퉁이에서 연우(煉雨)가 피어오른다. 밖의 공기도 안의 공기도 흐름이 빨라졌다. 오렌지 빛의 비단문양 공기가 뭉쳤다 흩어지고, 흩어졌다 다시 뭉치곤 한다. 검정색은 아래로 쫓긴다. 오후 한시에서 세시까지 느리던 시간이 오전 세시부터 일곱 시까지는 바쁘다. 아우성치며 공기의 밀도를 흩어놓는다. 햇살이 참견하는 7시 13분, 입에 문 커피 한 모금이 너무 뜨겁다고 얼결에 삼켜버렸다. 허물 벗은 입천장 상처가 불근거렸다.

건물들도 혼을 빼고 밤새도록 누워 자다가 5층으로 9층으로, 17층으로 벌떡벌떡 일어선다. 혼을 부여받아 하얀 신비로 선다. 다시 한 모금 마신다. 서너 채, 아니 열 채다. 얼마큼 남았는지 잔을 들여다보다 눈을 드니, 고 틈에 햇볕은 후다닥 일백예순 채의 빌딩을 세웠다.

햇살이 와글와글 앞 베란다로 밀고 들어온다. 손등에 고무나무 그림자가 얹힌다. 정맥도 빨리 뛴다. 일분에 일흔두 번 뛰던 심장이 일흔 아홉 번이나 여든 번쯤 뛰나보다. 갈색 액체도 빠르게 실핏줄을 타고 달린다. 전신에 쾌감이 돈다.

카페인이 해롭다지만 커피가 갖는 몇 가지 덕에는 감사한다. 단맛에 버릇이 된 미각을 되돌려놓는다, 피로에 지친 육신에게 위로를 준다, 저가의 맥심블랙 한 잔이 최고가의 중남미 자메이카블루마운틴을 마시는 엘리자베스여왕의 품위와 천추태후의 기개도 함께 온다, 가장 으뜸덕목은 뇌를 각성시켜 바른 판단을 주는 일이다, 견딜 수 없는 상황도 견디어내는 인내의 신기(神氣)다. 술이 아닌 커피를 '악마의 음료'라 정의한 중세의 교황은 삶의 다양한 멋도 맛도 모르는 인물이었을 게다.

누군가가 마름모꼴을 이루는 인간구조에서, 가장 위와 가장 아래쪽의 사람들이 사회의 억압을 가장 많이 받는다고 했다. 하지만 중간층이라고 적은가, 많은 것은 표면으로 돌출되지 않을 뿐이다, 무시될 뿐이다. 평범한 삶의 지속도 천재의 걸작만큼 용을 써야한다. 이때 큰 근심을 재운 것은 아마도 커피이지 싶다. '하버드대 졸업장보다 소중한 것은 독서습관이다' 라고 갈파한 빌게이츠를 흉내 낸다면 내게 활기를 주는 건 서랍에서 잠자는 우등상장도, 경찰서장 감사장도 아닌 한 잔의 커피다.

커피는 '인간의 욕망을 경감시킨다'는 아랍의 어원에서 온 단어다. 커피를 마셔서인가 욕망도 줄었다. 아무에게도 아쉬운 소리 하지 않으니 마음부자다. 오늘 다 끝내려던 일 욕심도 줄였다.

엷은 갈색에 소태의 날카로움과 계피의 알싸한 맛을 혼합했다, 햇살 채도까지 섞었다. 혀 위를 남실대며 만개의 미뢰를 쓰다듬고 식도를 넘는다. 자를 대지 않아도 식도의 길이는 액체가 통과하는 16센티미터다, 분명히 오늘 살아낼 시간의 길이다.

병아리처럼 커피 한 모금을 마시고 하늘 한 번 쳐다보고 또 한 모금 마시고 하늘 한 번 쳐다본다. 하늘이 맑은 코발트색이다, 심성까지 푸르다, 커피가 있는 아침은 날마다 즐겁다.

2010년 12월

버스 안에서

어제는 한 여름날 치고도 더웠다. 빨리 물을 끼얹고 싶어 집으로 돌아오는 걸음이 바빴다. 전철 역사를 빠져나오니 길 건너에 마을 버스의 노란 지붕이 보였다. 놓치면 십오 분을 기다려야 한다. 파란불이 깜박거리기 시작하는 횡단보도를 단숨에 뛰어 건넜다.

기사는 물방울무늬 넥타이의 정장 차림이었다. 칠십대 할아버지가 버스에 오르는 어린 승객에게도 일일이 목례를 건넸다. 좋은 서비스다. 모처럼 횡재한 기분이다. 가납사니 여자가 큰소리로 전화하며 오르다 손으로 입을 가렸다.

재불 작가 김창열 화백은 신비한 분위기에 끌려 30년 동안 물방울만 그렸다. 물방울은 산스크리트어로 '수냐'(零)다. 원이 평면으로 보이지 않는다, 공(空)사상을 덮어쓴 유리구슬의 입체다. 한참 들여다보면 물방울들이 뱅글뱅글 돈다. 보는 눈동자도 물방울을 따라 돈다.

버스 율동만큼 버스 안의 사유도 춤춘다. 고드름을 타고 내리는 물방울이나 풀잎 끝에 매달린 이슬방울은 곧 떨어질 전진적 자세다. 떨어지기 위해서 몸을 키운다. 사람도 '사라지기 위하여 성장한다?' 조금 슬프다.

스카프나 원피스에 그려진 물방울문양이 애초부터 둥글지는 않았을 게다. 삐죽빼죽 날 선 모서리를 누군가가 망치로 두드리고 정으로 쪼아서 둥글렸을 게다. 작은 초리까지 매끈하게 연마했을 게다. 물방울의 둘레를 따라 생기는 미세한 원들이 항하사(恒河沙)가 될 때까지 샌드페이퍼로 갈았을 게다. 그리 동그래졌다.

문양의 줄맞춤은 연병장에 줄 선 군인 같이 절도 있다. 가로세로, 오른쪽 사선이나 왼쪽 사선으로, 삼백육십 도를 돌려가며 훑어보아도 깍듯한 정렬이다. 견고한 내재율에 숨이 막힌다.

그 숨 막힘을 터주는 것이 찌그러졌거나 잉크가 덜 묻어 쪼가리가 떨어져나간 원이다, 그건 눈에 확 들어온다. 기존의 가치관을 엎으며 창조성을 살렸던 사상가, 발명가의 변별력 같이. 하니 물방울의 찌그러짐은 모자람이 아닌 천재성이라 믿고 싶다.

찌그러진 원은, 변별을 장애로 밀어붙이는 것이 싫어 언제나 무리에서 이탈할 음모를 꾸몄다. 떨어져 나오려 발버둥 치면 보이지 않는 손이 냉큼 주저앉힌다. 불편한 진실이다.

개체의 찌그러짐은 때로 멋이다. 내 개성도 그렇다. 미술시간

연속무늬는 찍어놓고 보면 간격이 틀리거나 각이 삐뚤었다. 개교 기념일 마스게임의 일사불란한 동작에서도 살짝 이탈했었다. 어른들이 뒷밭에서 수밀도를 한 소쿠리 따다놓고 손대지 말라고 했다. 하지 말라면 한 번 더 해보고 싶은 본능을 여섯 살이 어떻게 참아?

어른 몰래 하나, 둘, 셋, 넷을 찍었다. 얇은 껍질 밑 속살의 말랑거림이 손가락 끝에 묻었다. 살짝 찍었는데 물방울 자국이 생겼다. 가슴에도 물방울 멍이 생겼다. 촉감이 생생한 검지를 뻗쳐들고 하늘을 쳐다보니 눈물방울이 맺혔다. 어른에게는 미운 나이, 아이에게는 호기심의 얄망스러운 혼란의 나이, 여섯 살.

교차로를 아홉 번 건너고, 네 번 돌면 이차선이다. 여느 기사는 여기서부터 브레이크가 고장난 듯 달렸다. 빨리 종점에 가서 담배 피우려는 속셈이다. 한데 물방울 타이의 기사, 건너는 사람 없는 일곱 개의 신호등 앞에서도 차를 세웠다. 내릴 정류장을 묻던 할머니가 방향 잡는 것을 확인하고 출발했다.

버스의 출렁임으로 껑충거리는 사유는 엉뚱한 방향으로 튄다. 미세한 원이 일렬로 늘어서면 선, 선을 연결하면 글자와 도형이다. 문장은 선의 시작인 작은 원, 쉼표도 꼬리달린 원, 다듬이방망이처럼 생긴 느낌표, 아물리지 못한 원을 아래쪽에 붙인 건 물음표다. 소 표제 뒤에 간단한 설명을 붙이는 쌍점, 마침표로 찍는 기호도 원이다.

버스 안의 공기 입자도, 코와 입으로 침입하는 먼지도, 생명시작의 난자도 원이다. 강을 가로지르는 다리나 장미덩굴이 기어오르는 아치도 싸이클로이드 곡선이다. 바닷가의 자갈과 모래들도 원을 닮으려 둥글어진다.

"물질의 본질은 물이다"
라고 갈파한 탈레스도 '만물의 형태는 원이다.' 라고 말하고 싶었을 게다. 물의 액체성을 이루는 입자형태도 원이니.

닷새 전의 사십대 기사 차림은 반바지 아래 시커먼 털과 맨발에 슬리퍼였다. '내가 이런 일 할 사람이냐? 인재가 세월 잘못 만났지. 하룻밤 술값밖에 안 되는 월급에 850원짜리 승객에게 서비스는 무슨' 이라고 주장했다. 발가락 새로 흐르는 무좀진물의 의미를 가늠한 할머니가 내릴 곳을 묻고 승객들끼리 떠들어도 못들은 척했다.

오늘 칠십대 기사 목에서 그네 뛰는 물방울문양은 '운전도 삼복에 넥타이 맬 만큼 소중한 내 일이다.'라는 대자보다. 달력을 마흔 번 바꿀 때까지는 보이지 않던 무늬가 일흔 번 쯤에는 보이나보다. 연속문양 틈새의 가역변화가.

배열들이 우울증을 불러왔다. 물방울문양은 사슬이다. 화성 연무대 뒤의 담장은 하나의 원에 네 개의 타원이 철조망같이 얽은 무늬로 찼다. 무릎의 잉카인 감자 꽃문양이 찍힌 보조가방을 보니 알레르기증세가 도진다. 완자문이나 쪽매맞춤을 대하면 붙잡는

힘보다 놓는 힘이 우세(優勢)인 본능이 발동한다. 두 손을 활짝 펴 손가락 틈새의 공기까지 놓아주고 싶다.

지구라는 거대한 원의 테두리 한 점을 밟았다. 초속 29.783미터로 자전하는 지구에서 떨어지거나 다리를 하늘로 뻗치고 걷지 않으려고 팽이처럼 회초리를 맞는다. 만유인력이라는 접착제를 바르고 군체들과 손잡는다. 이제 알았다. 연속문양의 포용을, 상록수들이 가뭄에 몇 개의 가지를 스스로 떨어뜨리는 연유를.

예정보다 7분 늦게 내렸다. 지구 표면에 붙어 있는 작은 물방울의 사유일탈(思惟逸脫)도 끝났다. 제 뱃속에 들었던 백 개도 넘는 뇌들이 어떤 생각을 했는지 모르는 버스는 방귀 뀌듯 매연을 뿜으며 달아났다. 빨리 샤워하고 이탈(離脫)했던 정신을 제자리로 불러와야지.

2010년 7월

마감 5분 전이다, 큰 일 났다

독서삼매에 빠져있었다. 글자의 행간사이로 바퀴벌레 같은 것이 쪼르르 기어 나왔다. 세 번째는 그놈을 똑똑히 보았다, 영화자막에서처럼 오른쪽에서 왼쪽으로 기어가는 낯익은 아라비아 숫자 다섯 개를. 재산세 액수, 오늘이 마감 날이다. 헐레벌떡 뛰었지만 은행 문은 닫혀있었다. 전달 아파트관리비도 가산요금을 물었다.

칠칠치 못한 대신 준비성은 있다. 여행가방도 열흘 전부터 꾸리고, 약속시간에도 상대편보다 이십 분 먼저 도착한다. 모자라니까 미리 챙긴다, 한데 정작 중요한 일을 어째서 마감 날 마감시간 5분 전에야 기억해내는지 나도 모를 일이다.

십대에 꼭 한 번, 등 떠밀려서 백일장에 나갔었다. 대한민국 최고의 여자대학 건물을 관람하고, 기쓰고 매달리는 11월의 낙엽 표정에 매달렸다. 글감은 오지 않았다. 따라온 국어선생님의 '5분 남았다는 말이 머리를 때렸다. 115분 동안 다른 장소에서 노닥거리던 영감이 꽂혔다. 여분의 원고지도 시간도 없는데.

더는 할 수 없다고 생각해 프린터로 30부 뽑는다. 다음 주, 평이 나오기 5분 전에는 보인다. 거친 문장이 확대경을 쓰고 나타나

"퇴고했다고?"

하며 생글거린다. 매복한 놈은 꼭 5분 전에 나타났다. 미운 자식 등짝을 한 번 후려치고 싶다.

도스토예프스키는 사형 집행 5분전에 자신에게 허락된 5분을 적절히 배분했다. 잘못을 뉘우치는데 3분, 친구들과 이별하는데 2분, 자신이 살았던 세상의 아름다운 경치를 담아가는데 1분을 배분했다. 누구도 그 상황에서 그리 이성적이지 못할 게다. 해서 황제의 특사를 받는다고 <부활> 같은 걸작도 쓸 수 없다. 도스토예프스키만 할 수 있었다.

한국 여자의 평균 수명은 여든 두 살 반이다. 더 살 수도, 덜 살 수도 있겠지만 그걸 알 수 없으니 평균치로 계산해야 타당하겠지. 여든 두 살의 임종을 앞 둔 5분 전에 팔십여 년 간 메운 답안지가 펼쳐질 게다, 심장 멎기 5분 전에야 불비 같은 답안지를 흔들어댈 것이다.

팔십 년을 몰랐다면 그냥 통과시켜도 좋은 것을 어째서 오답만 찍은 성적표를 굳이 공개하라나? 내생으로 귀화수속을 마쳤다. 허나 자꾸 뒤돌아 볼 게다. 사람들이 목숨 걸고 쟁취하려는 물질,

명예, 권력은 그렇다 치고, 쥐꼬리 만한 자아에 충실하지 못한 허전함을 어쩌라고. 평생 치고도 처음 지고지순하고 싶을 그 순간에.

빨강사선은 잘 보인다. 남은 사람들도, 염라대왕도 내 혼의 무게를 이승저울로 달아볼 게다. 태어나면서 엉덩이에 척 붙인 버거웠던 문제. 끙끙대며 풀어본 과정은 생략 당할 게 뻔하다. 필부(匹婦)의 필부다운 노력이 몽땅 오답이라니 억울하다. 천당인지 극락인지 높은 의자에 앉은 심사위원께 떼를 써본다.

"실례인 줄 압니다만 바람직한 삶을 미리 조금 보여주시면 안 될까요, 남은 시간에 보충하겠습니다. 암표를 사려는 게 아닙니다. 단지 세상을 잘 살았다고 만족하며 떠나고 싶습니다. 정상을 참작해서 D-day 삼백일, 아니 H-hour 서른 시간 전에라도 살짝."

염라대왕인지 하느님인지는 웬 방정이냐고 눈으로 되묻는다.

마감 5분 전은 출근시간이 다가올수록 더 따스해지는 구들장의 온기다. 전쟁 전야의 파티를 즐기는 능청이요, 죽음 앞 반조현상(返照現象)이다. 절대 평화 앞에서 신의 옷자락을 잡는 4차원의 공간이다.

가산요금 몇 푼에 공연히 오두방정 떨지 않았나. 애초에 내 능력 밖의 시간인 것을. 그건 아마도 내세의 것이지 싶다. 그렇기는 하다만 컴퓨터에 못 써도 그걸 인지하고 싶은 욕망은 끊지 못한다.

≪에세이문학≫ 2001년 여름

그가 나의 누구입니까

어제는 두 군데 은행에, 세 사람을 만나느라 바빴습니다. 피곤했지요. 자리에 눕자마자 모래가 물을 빨아들이는 듯 잠을 빨아들였지요. 통잠이 들었습니다. 나는 모로 자는 습관이 있습니다. 오른쪽은 벽이요, 왼쪽이 빈 공간인데 왼쪽으로 누워 자는 건 누군가가 내 곁에 눕기를 바라는 무의식의 발로인지 모릅니다. 한데 어제는 너무 피곤해 똑바로 누웠나 봐요. 뒤척이다 나도 모르게 왼쪽으로 돌아누웠습니다.

동시에 내 속에서 어떤 물체가 후다닥 튀어나갔습니다. 갑자기 몸의 내용물이 빠져나가니 허전했죠. 빗장뼈에서부터 명치까지 써늘한 바람이 빠르게 스쳐갔어요. 잡으려 했는데 형체가 없었습니다. 나도 모르게 내 몸에 들어왔던 것이 무얼까 생각하느라 그루잠이 들지 못했습니다.

불을 켜고 자리끼를 한 모금 마셨습니다. 가늠해보니 내 몸 속에서 탈출한 것은 사람형상이었어요. 고체와 액체의 중간 형체로 우뭇가사리같이 말캉거리는 덩어리, 내 몸과 형체와 크기가 비슷했습니다. 늘 내 주위를 어정거리며 보이다말다 하던 문제의 그였나 봅니다. 깊이 잠든 줄 알고 살그머니 내 몸에 들어왔다가 잠이 깨는 눈치에 도망갔나 봅니다.

어제 오후 7시쯤 집으로 돌아오는 길이었어요. 사람이 많은 전철 안에서 나를 빤히 바라보는 시선이 뺨에 닿았습니다. 새빨개진 얼굴로 둘러보아도 주변에 그럴듯한 사람은 없었습니다. 앞 사람도 옆 사람도 자기 세계에 빠져있는 얼굴이었죠. 그래서 내 어리숭한 직감에 혀를 차며, 요 며칠 나를 붙들고 있는 다른 생각에 그냥 매달렸죠.

집으로 오는 골목길을 종종걸음 치는데 뒤따라오는 발자국 소리가 있었습니다. 빨리 걸으면 발자국 소리도 빨라지고 느리게 걸으면 발자국도 느려졌습니다. 치한이다 싶어 휙 돌아보니 가로등 빛에 저녁 안개만 고즈넉하게 졸고 있었습니다. 밤길은 늘 예민해지니 헛것을 보았겠지요. 한데 내 귓가에 내 것 말고 다른 생물의 숨길이 느껴지는 거예요. 익숙한 체취가 코끝에 닿자 그인 줄 알아챘지요. 그는 내 손을 잡고 아파트 현관 앞까지 왔습니다. 그리고 아쉬운 눈길 한 번 주지 않고 휘적휘적 가버렸어요.

빈집의 썰렁한 공기를 예상하며 현관문을 따고 들어섰습니다.

난방기는 꺼져있는데 공기는 훈훈했어요. 사람의 숨결이 가득했어요. 거실과 안방에, 주방과 욕실에 열 개도 넘게 복제된 그가 있었습니다. 그가 팔을 벌리자 망설임 없이 그의 품에 안겼습니다.

외로울 때는 주변 사람에게 쌀쌀히 대합니다. 외로움을 비집고 들어오는 유혹에 마음을 다잡자는 연막전술이죠. 한데 이제 그는 경계해야할 대상이 아니라는 확신이 듭니다. 서른세 평의 공기는 평화로운 온기로 따뜻했으니까요. 그와 한 침대에 들었는지는 기억에 없는데 한 밤에 또 깨우는군요.

그는 내가 아주 어렸을 때, 자아의식이 싹틀 때부터 따라다녔습니다, 탯줄에 같이 붙어있었거나 그 훨씬 이전부터 내게 붙으려고 별렀을지도 모릅니다. 이것 하지 말라, 저것 먹지 말라, 아무리 좋은 것과 즐거운 것이 많아도 네 몫은 아니라고 했죠, 듣기 좋은 꽃노래도 세 번이라는데. 아무튼지 그와 전혀 친해지고 싶지 않은 기분이었어요.

만나고 싶은 사람 앞에 팔 벌려 막아서고, 읽고 싶은 책은 감췄습니다. 심심하면 휴식중인 내 두뇌의 편편한 곳을 화면 삼아 동영상필름을 돌립니다. 거센 흙탕물 속에 빠트리고 떠내려가는 모습을 즐깁니다. 곰이 어슬렁거리는 동굴 안으로 죽어라 밀어 넣고, 불이 났을 때 집문서와 전 재산이 든 가방을 들고 도망갔습니다.

"너와 나 아무 상관없어, 제발 없어져버려"

라고 가위에 눌려 여러 차례 소리쳤습니다.

진저리치며 그에게서 도망했지요. 한데 그는 도망칠 때마다 목덜미를 붙잡아다 주저앉히더군요. 다섯째 이모는 매를 견디지 못해 가출했는데 헤어지라는 권고를 무시하고 깁스를 풀자 다시 남편 매를 찾아갔어요, 석 달 만에.

이모의 마조히즘적 유전자가 그대로 내게 대물림했나 봐요. 그를 피하고, 엇갈려 돌고, 반대방향으로 달리다 어느 순간 이모가 이해되었습니다. 그 무렵부터 그가 조정하는 방향으로 내 몸을 사용하며 마조히즘을 타고 오는 카타르시스를 즐기게끔 되었습니다.

내가 두 손을 들으니 대견한가 봐요. 그도 태도를 싹 바꾸었습니다. 헝클어진 일을 두고 조바심 칠 때 결정적인 단어 하나를 툭 던져주었습니다. 나쁘지 않은 쪽으로 일을 처리할 수 있는 단어였습니다. 조물주가 내 배낭에 흙을 한 삽씩 보태주며 정상을 가리킬 때 그가 들키지 않게 한 줌씩 덜어 나무 밑에 버렸습니다. 고개 숙이고 체벌을 기다릴 때, 내 정수리 바로 위에서 세 번째 내려치는 신의 손목을 탁 잡아채는 억센 손이 있었습니다, 그가 바로 그이 아니겠습니까? 이제 그는 남편과 자식이 넘겨다 볼 수 없는 관계인이 되었습니다.

하느님이나 부처님, 마호멧과도 깊은 인연을 맺지 않았으니 그분들이 내 곁에 얼쩡거리지는 않겠지요. 터줏대감이거나 숙명의 그림자일지도 몰라요, 혹은 곁에서 춤추는 요정의 옷자락일지도 모르죠. 생각해보니 그가 지나치게 야멸쳤던 것은 내가 지나치게 나약했기 때문이었습니다. 감성만 웃자라니, 세파를 이겨낼 힘과 영악함을 단련시킬 심산이었을 거예요.

그는 나를 속속들이 아는 것 같은데 나는 그를 전혀 모릅니다, 여자인지 남자인지, 트렌스젠더인지. 악마의 혼령인지, 천사의 화신인지 몰라요. 나를 도와주려는지, 혹은 기회를 노리다가 내 나머지 시간을 꺾자 그리려하는지조차 모릅니다. 다만 그와의 관계를 끊을 수 없다는 것을 어렴풋이 감지할 따름입니다.

때로 그가 기다려지기도 합니다, 그럴 때 보이면 반갑습니다. 일인용 의자에 한 쪽 엉덩이를 걸치고 무릎담요를 한 자락씩 덮고 독서합니다. 먼저 읽고 기다렸다 책장을 넘기기도 하지만, 대체로 그가 내 속도에 맞춰주어요. 마주 앉아 차를 마실 때는 '내가 의탁할 최후의 존재가 이 사람인가?' 싶기도 해요. 그래 내가 옴살 같은 속내를 드러낼 기색이면 프로판가스처럼 허공으로 휘발해버립니다. 야속하고 미운 도깨비 같은 존재죠.

아침 7시 잠을 설치고 푸석한 얼굴로 식탁에 앉습니다. 그도 당당하게 맞은 편 의자에 앉습니다. 진한 커피를 탑니다. 그가 수저 놓을 자리에 눈길을 주자 냉큼 수저 두 벌과 좋아하는 도토리묵을 차립니다.

"자, 이제 우리의 하루를 시작해 보실까?"

빙글거리며 수작을 걸어오는 그가 나를 지켜주는 수호신입니까, 전생의 내 연인입니까, 육감을 동원해 존재를 느끼게 하려는 뿌루샤*의 장난입니까, 대체 그가 나의 누구입니까, 아시는 분 가르쳐 주시겠습니까?

2010년 (여성문예원 공모 장려상)

* 뿌루샤; 인간의 심장 속에 항상 머무는 손가락만한 불멸의 존재. 불교와 힌두교와 자이나교의 원전, 까타와 슈베따슈바따라 우파니샤드에 등장.

만석거 연잎의 행위예술

지루한 장마다. 한 달이 넘도록 햇빛을 구경하지 못했다. 이슬비로 시작해 작달비로, 장대비에서 가랑비로 레퍼토리를 바꾼다. 하늘을 쳐다보며 비설거지를 해도 햇볕을 쪼이려던 오가리들에 곰팡이 꽃이 번진다. 벽모서리까지 눅눅한 공기가 갱엿처럼 눌어붙는다. 하루아침에 알거지가 된 사람들이 텔레비전 화면을 가득 채우며 울부짖는다, 우울하다. 울울한 심사를 달래줄 무엇이 필요하다.

빗살이 성글어졌다. 십여 분 산책거리의 만석공원으로 나갔다. 이런 날 산책은 처량 맞아 보이지만 아무것에도 집중할 수 없는 건들증을 갈아 앉히고 싶을 뿐이다.

수원에는 이름이 말해주듯 저수지가 많다, 열두 개다. 그 중에서 가장 아픈 역사를 지닌 저수지가 만석거(萬石渠)다. 정조대왕의 꿈이 고스란히 담겼던 곳이다. 삼남에서 올라오는 물자로 상업을 일으키고, 농업을 발전시켜 조선의 새로운 초석을 이곳에 놓으려 했다.

"십 년을 기다려 만석을 거두는 이익이 있다면 수성(守城)의 일조가 되리라"

고 1795년에 너비가 850척, 깊이가 8척 7촌의 만석거를 만들고 이앙법(移秧法)을 보급했다. 313년 전 그 때에도, 오늘도 만석의 논에 들어갈 만큼 저수지의 물은 출렁이는데 정조대왕의 꿈과 조선의 개혁은 물거품이 되었다. 가장 임금다웠던 임금을 잃은 민초들의 서러움을 하늘도 이리 애석해 하나보다.

도시 한 복판에 저수지를 둘러싼 공원이 만들어졌다. 맑은 날에 병풍처럼 둘러선 아파트의 주민들이 쏟아져 나오고, 대사중후군 있는 사람들이 걷고, 강아지까지 덩달아 산책을 즐기는 장소가 되었다. 오늘도 고등학교 체육부 학생들이 스무 바퀴를 뛰어 돌고 있다.

발밑에 일개미들이 죽은 메뚜기를 끌고 가느라 부산스럽다. 먹이를 물어오고, 새끼개미를 키우고, 옆집 병정개미들과 싸우는 게 일개미다. 여왕개미가 특수한 물질을 뿜어 멀고 가까운 곳에 있는 그들을 지시하는지, 할머니일개미들이 스스로 하는 행동인지는 과학적으로 밝혀지지 않았단다. 맹목적 일상이 무리의 일원으로 살아남으려는 목숨을 건 의지다.

연꽃은 다 지고 지각생 홍련 두어 송이가 떠있다. 기세 좋게 뻗는 부들과 창포보다 물 정화능력은 연이 단연 으뜸이다. 사람들이 저수지나 연못, 웅덩이에 다투어 연을 심는 것은 물을 징화시키듯 마음마저 정화되기를 바라서가 아닐까?

　연잎들은 엇비슷한 키로 어깨를 비비고 섰다. 직경이 두어 자 되는 잎은 세상고민을 다 끌어안고 제 가슴을 할랑할랑 부채질한다, 열다섯 살 소녀 같은 잎은 끊임없이 수런거린다, 아기 손같이 여린 잎은 반쪽얼굴만 내놓은 채 방글거린다, 양쪽 끝을 말아오다 중앙에서 입술을 꽉 다물어버린 놈은 화났다는 표시다.

　아주 그친 줄 알았더니 다시 가루비가 내린다. 연잎에서 스란치마 끄는 소리가 난다. 떨어진 빗방울은 잎자루 쪽으로 급히 굴러간다, 줄에 걸린 먹이를 발견한 거미처럼. 빗물이 모이고 모인다, 연잎에 가득 차오른다, 연줄기가 휘어진다.

　"저걸 어쩌나, 줄기가 꺾어지고 말 거야"
라고 중얼거리다 깜짝 놀랐다. 연잎은 수면에서 가까운 한 쪽을 슬며시 기울여 물을 따라낸다. 그리고 천천히 허리를 편다. 아무 일 아니라는 듯 시침 딱 떼고 그 놀음을 반복한다. 빗물이 모이면 따라내고, 모이면 따라내고, 다시 모이면 또 따라내고….

　박자를 맞춘다 싶더니 느실난실 춤춘다. 바람 불어 사선을 긋는 비에 진양조의 늘어진 춤을 춘다. 이것을 태고부터 있어온 자연의 섭리라고만 할 수 있나, 지혜와 의지가 담긴 예술 아닌가, 19세기에 젊은 예술가들이 만든 행위예술(行爲藝術) 장르는 혹시 연잎의 춤에서 얻은 아이디어는 아닐까?

　산책할 때마다 꽃만 보았다, 잎에는 무심했었다. 잎은 언제나 어디서나 꽃을 위한 들러리였다, 우리 눈은 주인공에게만 주목하니까. 오늘도 우산 쓰고 지나치는 몇 사람이 있다, 해도 연잎의 춤에 관심을 보이는 사람은 없다. 관객은 나 혼자다. 관객이 많든 적든 상관없단다.

연잎도 한 번쯤 조연 말고, 주연을 하고 싶었었나보다. 해서 꽃이 져버린 날, 아무에게도 들키지 않게 자신을 위한 춤을 춘다, 꽃을 위한 춤보다 더한 열정으로. 빗줄기와 바람을 추임새 삼아서, 절대 멈추지 않겠다는 의지로.

혹 주역 차례가 올까하고 밤 독서를 했는데, 그것도 누군가가 정해놓은 기준을 따라가기 위한 수단이었지 싶다. 이제야 주연 없는 조연도 나름의 빛을 지닌다는 생각, 아니 조연도 주연이라는 생각이 온다. 임시로 살고 있다고, 내 시간은 아직 멀었다던 그 긴 조연의 세월, 지내놓고 보니 실은 그 시간이 주연의 역할을 살아낸 시간이었다. 누구나, 언제나 주역을 연기하도록 생겨난 것이다. 저 연잎처럼.

연잎은 장마가 들면 더 흡족한 모양이다. 서쪽 하늘에서 날비가 뽀얗게 또 몰려온다. 백일홍의 절정 같은 순간의 춤을 추고, 우산 속의 관객인 나는 행위예술에 취한다. 바로 지금, 새로이 맡은 주연을 자축해도 괜찮을 듯싶다.

저녁이내에 비꽃이 섞였다. 연잎과 마주서서 춤추는 자신을 본다.

≪월간문학≫ 2009년 2월호

얼굴이 너무 무겁다

현관 벽에 붙은 번호판 숫자를 차례대로 눌렀다. 천장의 센서가 반짝 들어왔다. 돌아서서 두 개의 걸쇠를 잠그고 구두를 벗었다. 사고 없이 무사히 돌아왔다. 내 쉼터는 언제나 평온하다. 장갑과 모자, 머플러와 외출복, 시계와 목걸이를 차례로 벗으며 안도의 숨을 내쉬었다.

얼굴의 피부가 되다시피 한 대인용 가면과 체면 유지용 가면을 벗었다. 이 가면들은 육십 여 년을 쓰고 다녔음에도 다섯 살짜리의 것처럼 얄깃얄깃하다. 누가 눈만 흘겨도 찢어지게 생겼다. 종일 쓰고 다녔으니 걸레처럼 너덜거린다.

없었다면 질식해버렸을 위악의 가면까지 벗었다. 내일 다시 쓰려면 성글지 않도록 찢어진 곳을 꼼꼼하게 기워야한다. 다 풀려 가닥가닥 흩어진 자존심도 퍼즐같이 정돈해 맞추고, 종일 받은 상처에 연고도 바른다. 내가 주었을 다른 이의 상처 만지기도 이 시간에야 깁는다.

열한시, 자리에 누웠다. 누운 채로 혼까지 벗어 얌전히 개켜 침대 옆에 놓는다. 종일 정수리를 찍어 누르던 혼의 무게를 덜어내니 머리를 감은 듯 시원하고 가뿐하다.

나는 이제 누구의 이웃도, 누구의 자식도, 어머니도 아내도 아니다. 내 몸에 열쇠를 꽂아 작동시키고 브레이크와 엑셀레터를 멋대로 밟아가며 종일 운전하고 다니던, 나를 조립한 기술자조차 내 주인이 아니다. 지금은 머리가 퇴화해 본능만 남은 한 마리 벌레이고 싶다.

기지개로 힘을 뺐다. 베개에 눌린 관자노리에서 콩콩거리는 소리가 났다. 내버려두어도 알아서 잘 작동하는 심장의 신호다.

"당신 머리는 하루 다섯 시간 쉬는데 두통만 가득히 담은 멍청이야. 나는 당신이 잠들어있는 동안에도 일분에 일흔두세 번씩 뛰었다, 육십여 년을 한결같이. 당신이 눈과 입과 머리로 지은 과오도 몽땅 내 책임. 의식 없이 남에게 준 상처, 계획했다 지워버린 범죄, 당신이 깨닫지 못한 죄까지 나는 부끄러워해야 한다."

발도 항의한다.

"나는 48킬로그램의 네 몸을 이고 종로로 을지로로 다녔다, 가장 힘들게 일하는데 욕탕에 걸린 발 닦는 수건은 제일 낡았다."

휘청거릴 때 함께 눈물 흘려 준 것은 심장이었다, 사람 냄새 잃지 않도록 깨우쳐준 것도. 내 의지대로 움직여준 발도 고맙다. 그러나 잠속으로 가라앉는다.

침대에 누운 채 엘리베이터를 타고 아래로 내려간다. 육층에서 오층을 거쳐 사층, 그리고 삼층, 이층, 일층을 지나 땅속으로 내려간다. 굴속같이 깜깜한 어떤 지점을 향해 정신없이 내려간다. 온몸에 미끈거리는 액체를 칠한 듯 한없이 거꾸로 달린다. 내려가는 속도가 더욱 빨라진다. 거기 지구 중심쯤에는 건너야할 큰 개울이 있고, 붉은 흙탕물이 용트림치며 흐른다. 나는 개울을 건너야한다, 한데 한 번도 개울 건너 저편으로 가지 못했다. 늘 흙탕물에 빠져 허우적거렸다, 오늘밤도 그렇다. 다리 위에서 우산을 쓴 사람들이 손가락질한다.

"어머 저것 봐, 사람이 떠내려가는군."

물속으로 뛰어드는 사람은 없다. 스스로 빠져나갈 힘 없음이 한결 평온하다.

"사람 살려."

소리치는 꼴도 흉하다. 남의 불행을 구경하며 자신의 행복을 확인하는 인간본성을 내가 관람한다. 흙탕물 속에 떴다 잠겼다 휩쓸리며 바위에 부딪히며 소리친다.

"나를 구경하지 마, 동정은 참을 수 없다"

라고. 내 소리에 놀라 잠에서 깨어났다. 며칠에 한 번씩 찾아오는 이런 종류의 꿈은 어김없이 두통을 몰고 온다. 그리고 자의적 판단을 한다. 마지막 순간까지 도도하게 살라는, 내가 내게 주는 계시라고.

야광시계는 새벽 두 시를 가리켰다. 스탠드를 켜고 낮에 읽다만 책을 펼쳤다. 낮에는 활자들이 나를 끌고 다녔다. 동네 골목길로 남대문시장으로, 때로 전생과 후생까지. 두세 번 읽어도 인지 밖에서 맴돌던 구절들이 머릿속에 곱다시 들어와 앉는다. 고요한 밤에 하는 독서라야 능률이 오른다, 책에 몰두한다. 책 속의 성현들과 만날 때는 가면을 챙기지 않아도 된다는 사실이 생각할수록 신통하다.

서너 시간쯤 지났을까? 베란다 쪽 창문이 부유스름하다. 창밖을 내다보니 젊은 여인이 목도리를 치켜 올리며 아파트 정문을 총총히 벗어나는 뒷모습이 보였다. 그제도, 일주일 전에도, 아니 한 달 전에도 이 시각에 지나갔었다. 새벽일을 나가는 저 여인 아침밥은, 아니 가면은 챙겼을까? 한 번도 본 적 없는 여인이 안쓰럽다. 놀이터 옆의 외등이 꺼졌다.

전화기가 울렸다. 밤이나 새벽에 울리는 전화소리는 섬뜩하다. 어떤 음색으로 받을까, 손을 뻗으며 냉큼 그럴듯한 가면을 찾았다. 숙모가 뇌출혈로 쓰러지셨단다. 오늘 우체국과 은행에 들러야하고, 중앙박물관을 찾을 예정이었는데 내 일정을 비웃듯 문병이 끼어들었다.

오늘 만날 사람들을 생각하며 색조화장을 짙게 하고 가면을 찍찍이처럼 붙였다. 거울을 보며 동서남북으로 달리려는 표정을 다 독거려 웃는 모습을 띄었다. 주머니에 중간 것과 만일을 생각해 두꺼운 가면도 챙겨 넣었다.

현관 밖의 시간은 늘 채권자처럼 버겁다. 문을 나서며 오늘 역할을 가면에게 상기시켰다. 누구를 만나든 적절하게 해내라고 엉너리를 담은, 내 얼굴이 너무 무겁다.

≪에세이문학≫ 2007년 가을 호

맷돌 웃음

　장식장 위에 펑퍼짐한 맷돌호박이 놓였다. 현관에서 마주 보이는 거실상석에 짚방석 깔고 앉았다. 인테리어 가게엔 모던한 디자인의 장식품이 많아도 해마다 촌스런 늙은 호박을 사다 놓는다. 올해는 농사짓는 분께 부탁해서 검정색 호박도 얻었다.

　호박은 플라스틱이나 유리제품처럼 박제된 경박함이 아니다, 사람을 찍어 누르는 스테인레스 장식의 무게도 아니다. 생명의 씨앗을 품고 있다, 자갈에 눌리고 나뭇가지에 긁힌 상처까지 살아있다. 쓰다듬으면 첫 느낌은 싸늘하다. 그러나 곧 부드러운 속살의 온도가 감지된다. 수정이 부끄럽다고 배꼽을 이래로 감추었어도, 호박씨 함성은 금방 터질 것 같다. 첫서리 올 때쯤 장식장 위에 맷돌호박을 놓으며, 아무도 눈치 못 채게 나도 매일 조금씩 여물었는지 가늠해본다.

호박은 몸통은 물론, 잎과 꽃, 씨까지 다 먹는다. 비타민A 베타카로틴 성분이 눈을 밝게, 비타민 E의 항산화 작용도 뛰어나 늙음을 지연시킨다. 이뇨작용이 좋아 신장이 안 좋은 사람에게는 더없이 좋은 식재료다. 그래도 나는 늙은 호박을 먹지 않는다.

갑자기 식구가 늘었다. 6·25가 터지자 서울의 큰 집 작은 집 식구들이 들이닥쳐 서른네 명이 되었다. 곡간의 먹을거리가 무서운 속도로 줄더니 일 년 먹을 양식이 팔월에 거덜났다. 울타리 밑에, 자갈밭에 지천으로 구르던 늙은 호박을 따 들였다. 농사가 평년작만 되어도 소 여물통으로 들어가거나 그 자리에서 썩을 것들이 소중한 구황식품이 되었다. 미처 영글지 못한 수수이삭을 잘라 맷돌에 갈고 호박을 듬성듬성 썰어 가마솥에 끓였다. 아침저녁으로 이 호박풀떼기를 먹고 점심은 건너뛰었다. 애호박부침이나 새우젓볶음에 비하면 너무 맛이 없었다. 시큼한 냄새와 들척지근한 맛이 싫었다. 앞에 놓인 애물단지를 깨지락거리다 사촌에게 빼앗겼다.

맷돌호박의 모양이야 얼마나 보기 좋은가. 누구에게나 웃어주는 보름달 같다. 보리밥 한 덩어리를 치마폭에 감추어오는 어머니의 미소다. 밋밋한 모양새를 보충하려는 듯 야무지게 골을 팠다, 골마다 시설(枾雪)이 하얗다. 흰 시설에서 농익은 단내가 풍긴다.

그것의 색은 색깔이라는 이름을 붙이기 곤란하다. 누르퉁퉁한 것이 횟배 앓는 사람 낯 색이니 제 구실도 어렵다. 그러나 쪼개는 순간 놀랜다. 빨강과 노랑의 복합색인 담홍색이다. 청춘의 푸른 흔적도 엉덩짝에 남아있다. 삼원색은 다른 색과의 배합이 까탈지나 호박의 색깔은 모든 색과 배색이 된다. 어떤 색 위에 놓아도 템페라기법으로 어우러진다. 배색으로 더없이 좋다.

그리해 어디에 놓아도 좋다. 사돈집 툇마루에도, 헛간 풍구 옆에도 새참 먹는 농부처럼 앉는다, 외양간 여물통 옆에도 탑처럼 쌓인다, 그런가하면 경애네 거실 칠백만 원짜리 강화 반닫이 위에도 냉큼 올라선다, 인사동 의상살롱 쇼윈도에도 자리 잡았다. 맷돌호박은 앉는 곳이 제 꽃자리이다.

일이 손에 안 잡혀 서성거릴 때가 있다. 고향이나 자궁이 그리워서다. 어디 가서 그리움을 만나야하나 망설이다가 5일 장 구경을 간다. 촌 할머니들이 들고 나온 미역취, 뚝깔나물, 얼레지 등의 산나물에 입맛을 다신다. 잡곡을 보면 조금 적다싶은 항아리에 팥이나 수수를 채우고 매일 소래기를 열어 쓰다듬던 할머니의 거친 손이 생각난다. 무쇠 칼, 작은 짚신, 다식판도 고모처럼 반갑다.

늦가을에는 조롱박이나 뒤웅박을 만날 수 있다. 한 넝쿨 콩도 오랑이 조랑이라고 한 포기에서 땄다는 호박도 크기와 색깔이 다르다, 개성이 뚜렷하다. 이놈을 들쳐보고 저놈을 제껴 본다. 잘생긴 놈은 누구든 집어가리라. 돌멩이를 안고 자란 듯 한쪽이 패이거나 찔린 상처자국을 가진 놈을 고른다.

호박은 밭 가운데 심지 않는다. 길가나 울타리 밑이나 자갈둔덕

등 다른 작물은 안 되는 자투리땅에 심는다. 넓고 편편한 땅은 차지할 생각도 못하고 돌담 틈새나 삐죽빼죽한 삭정이 틈에 자리 잡는다. 산비탈 따비밭에 엎디어 사랑받지 못한 서러움으로 덩굴을 뻗는다. 그렇다 해도 처녀 같은 부끄러움으로 꽃을 열어 벌 나비를 반겼을 게다, 일껏 맺은 열매를 장맛비로 떨어트리며 얼마나 많은 체액을 흘렸을 겐가, 태풍이 줄기야 끊어져라 흔들면 어쩌다 맺힌 열매를 지켜내려 얼마나 애태웠을까? 열매를 익힌다는 것이 얼마나 큰 통증의 결과인지 익혀본 것들은 안다.

호박과 내가 동병상린의 흉터가 있다. 전쟁 후유증으로 유년기를 보낸 내 감수성도 따비밭이었다. 호박이 자랄 장소를, 내가 태어날 시기를 택하지 않았다. 장소를 잘 못 앉은 것도, 시대를 잘 못 태어난 것도, 우리의 의지와 상관없는 외부의 영향일 뿐이다. 그럼에도 불구하고 열매를 익혀냈으니 장하지 않은가?

맷돌호박은 내가 바쁘게 설칠 때는 보이지 않는 시선으로 내 행동을 감시한다. 장식품이라지만, 누군가의 애절한 시선이 그리워서, 아니 그보다는 벽사문(辟邪文)이 필요해서 해마다 그곳에 맷돌호박을 놓는지도 모른다. 실정법이야 어렵지 않게 지키는 나이가 되었다지만 양심 법에서는 자유롭지 못하다. 마음 법을 어겼을 때, 맷돌호박의 눈길을 의식하면 목을 움츠린다.

"미안 해."

말없이 지켜본 호박을 여남은 번 쓰다듬는다.

맷돌호박 나를 올려다보며 맷돌 돌아가는 웃음을 터트린다, 떼그르르. 나도 물색없이 따라 웃는다, 왁자그르. 두 짝이 맞물려 돌아가는 소리가 요란하다, 두 심성은 고요해진다.

≪문학저널≫ 2006년 8월호

그리고 37.8도의 취기를 기다린다

5시간마다 탄수화물을 섭취한다. 운동 후에 찬물을 마시고, 열 오르면 덧옷을 벗는다. 하천이 오염된 유기물을 갈아 앉히고, 대기가 스스로 분해하며 공기를 정화시키듯 사람의 체온도 자정작용(自淨作用)을 해 평상상태를 유지시킨다.

심장은 갑자기 멎어도 체온은 한 시간에 0.5도씩 서서히 내린다. 실온과 비슷한 물체로 변하는데 약 40시간이 소요된다. 그리해 시신의 직장체온으로 살인 사건을 밝혀내기도 한다. 하니 심장이 멎었다고 냉큼 냉동실에 넣기보다 실온과 같아지도록 기다렸다 묻는 옛 방식이 체온항성에 대한 예의에 걸맞다.

체온은 겨드랑이나 귓속이나 혀 아래나 장소에 따라 다르게 나타난다. 사람의 체온은 틀림없이 36.5도인데 외부와의 접촉문 혀 아래에서 재는 내 체온은 언제나 36.0~36.2도다. 혈액 속을 쾌적하게 돌아다니는 체온은 36.5도이지만, 손발 끝이나 피부의 체온, 감성이 닿는 체온은 낮다. 부조화의 정장작용이 빚는 부조화 현상인지도 모른다.

사람의 평균체온이라는 36.5도가 혀에 뜨면 실수의 연속이다. 똑같은 약을 2초 후에 다시 먹는다. 나물볶음에 주방세제를 정확하게 계량해서 두 스푼을 넣는다. 중요한 사항을 비켜놓고 부수적인 일에 몰두했던 어리석음도, 성심으로 대했던 사람에게 십 년간 생략했던 말을 쏟은 실수도, 36.5가 표시된 때였다.

36.0~36.2도가 지극히 평안하지만 때로 37.8도의 취기(醉氣)를 원할 때가 있다. 술이든, 사랑이든, 종교든 취하는 것은 곁뿌리를 제거한 순수다. 사람이 술을 먹고 술이 사람을 지배하는 경지다.

김영승의 <반성 16>의 취기는 이렇다.

술에 취하여 나는
수첩에다 뭐라고 썼는데
술이 깨니까 그 글씨를 알아볼 수 없었다.

세 병쯤 소주를 마시니까
다시는 술 마시지 말자
고 써있는 그 글씨가 보였다

'다시는 술 마시지 말자' 는 반성은 반성이 아니다. 취하자, 취하지 않고 어찌 시를 어찌 쓰나? 라는 외침이다. 김 시인은 이 시를 쓰면서도 취했을 게다. 취기의 열여덟 번째 마지막 단계는 신의 경지라는데, 알코올 알레르기가 있는 나는 김 시인이 부럽다.

영감(靈感)은 정상 체온에게 잡히지 않는다. 뛰어난 감성은 허약한 육신이나 정상에 못 미치는 의식에 깃든다, 비정상의 체온만 즐겨 찾는다. 미열이 있을 때 어떤 기척에 고개를 돌리면 주변을 맴돌던 영감은 놀리는 듯 흩어졌다. 손에 움켜쥔 것은 매번 무우(霧雨) 같은 허무였다.

예술가에게 평안은 터부다. 평이(平易)한 육신은 천재성세포를 잠식하는 암세포의 온상이다, 감성세포에 전이된다. 고문후유증으로 인지능력이 마모된 <歸天>의 천상병, 유토피아에 취해 쓴 이상의 <오감도>가 그렇다. 불행했던 시인 윤동주도 후쿠오카 형무소에서 신경을 서서히 죽이는 주사를 맞으며 육신의 소멸보다, <十字架>나 <肝>보다 절실한 가슴의 시를 더 서러워했을 게다. 명작들을 탄생시킨 체온들은 몇 도일까, 마약이나 열기의 광기에서 탄생한 중세의 걸작들이 얼마나 우리의 심장을 흔들던가?

어느 날 체온기에 37.8도가 떴다. 염증 시작이다, 접신(接神)의 예고다. 날 시퍼런 작두가 보인다, 풍요로웠던 유년이 보인다, 날마다 대보아도 내 키보다 한 뼘만 크던 고향 집 뒤꼍의 앵두나무가 언뜻 보인다. 항성과 취기의 겨룸이 치열해지고 걸작탄생을 기대해본다.

38.7도다. 몸이 애드벌룬처럼 부푼다, 1300그램의 뇌가 4만 5000그램의 육신을 꽁지에 달고 하늘을 날아다닌다, 마약을 투여한다면 이렇지 싶은 충일한 환상에 젖는다. 인도코끼리도 나도, 순간의 실수로 날개를 잃고 지상에 쫓겨 내려와 하인을 등에 태우고 다니거나 발을 씻기는 중이다.

드디어 39.7도다. 지식과 명예는 물론 예의 같은 잡가(雜歌)를 부르지 않는다. 코드가 어긋나던 사람과 손잡으며 정담을 나눈다. 정신도 육신도 실오라기 하나 걸치지 않은 나체다. 실개천을 따라 산책하다 바위에 앉아 붉어가는 과실을 바라본다. 입에서 선한 말이 단 샘물처럼 흘러나온다.

"그렇지, 내 말이 맞지?"

옆 사람의 등을 치고 보니 그도 벌거벗은 남자다. 쑥스럽지는 않다. 내가 경험한 것은 겨우 여기까지다.

표면의 체온이 낮아서인가 감기바이러스가 잘 들어온다, 또 유행성독감 방문이다. 체온기에 36.8도가 떴다. 서랍을 열어 의료보험카드를 꺼내려다 만년필과 메모지를 꺼냈다. 그리고 37.8도의 취기를 기다린다. 빛의 산란 석양노을 속에서 영감 한 조각을 찾으려 눈을 비빈다.

영감을 장애나 생명과 맞바꾸고 싶다는 철없는 낭만은 버렸다. 아무나 욕심낼 일이 아니라고 육신의 평온에게 비중을 두어버렸다. 그러자 주변 것들과의 호혜평등(互惠平等)의 교감이 끊어졌다. 작은 동물을 잡아먹는 동물과 움직이지 못하는 식물과 말 못하는 무생물에도 무심했다. 사람과의 교감은 말할 것도 없다. 원하지 않으면서 그리 살았다.

번개처럼 왔다가 연기처럼 증발하는 영감에 감응(感應)하고 싶어 열의 환각 속을 기웃거린다, 때로 몸을 떤다.

2009년 9월

제2부

성북천변의 능수버들

기다리고 기다리고 기다리고

　여섯 살 계집애는 기다렸습니다. 무작정 기다렸습니다. 동쪽의 주막거리는 대처로 통하는 네거리, 어쩌다 먼지를 날리며 트럭이 오는 신작로 끝자락은 서쪽의 고갯마루로 이어집니다. 양 쪽이 다 보이는 사랑채 긴 툇마루에 걸터앉아서 짧은 다리를 동당거렸습니다. 어느 날은 아침부터 주막거리만, 어느 날은 서쪽의 고갯마루를 쳐다보았습니다. 물론 양쪽을 번갈아보는 날도 있었습니다.

　상추와 아욱, 애호박을 담은 소쿠리를 끼고 옆집 규홍이 형수가 지나갑니다. 그의 남편은 들 일, 그녀는 우리집 부엌일을 도와줍니다.

　"애기씨, 누굴 기다려요?"

　"그냥~."

　여섯 살짜리는 머리를 살랑살랑 흔들었습니다. 어제 땅따먹기

할 때 세 살 더 먹은 규홍이가 큰 뼘으로 내 땅을 왕창 따갔습니다. 다시는 그와 놀지 않겠다고 다짐하지만 사흘 후에 또 놀게 틀림없다는 것을 나도 압니다.

누구를 기다리는지는 모릅니다. 잔칫집에 가신 할머니인지, 어쩌다 들르는 방물장수인지, 이따금 머리를 쓰다듬어 주시는 당고모할머니인지, 빌려간 얼개미를 돌려주지 않아 어린애인 내게 혼쭐나던 주막 여편네인지? 갯가 능수버들 사이로 얼핏 사람이 보이는 것 같습니다.

규홍이 형수 말을 듣고 보니 아버지를 기다린 모양입니다. 누구보다 먼저 아버지를 마중하고 싶었으니까요. 서른까지 셀 줄 알던 나는 '하나, 두울, 셋… 서른까지 세며, 똘이네 할아버지 산소를 지나신다, 서른부터 거꾸로 세고 성황당이다, 아니 주막거리에서 남한산성 아래 고창 댁 할아버지 부음을 듣고 그리 올라가신다. 한데 상청에 절하고 상주와 맞절하고 국밥 잡숫고 오실 시간이 훨씬 지나버립니다. 이번에는 한참거리 남쪽의 소작인 집을 끼워 넣습니다. 고창 댁과 우리 집과 소작인 집 사이를 대여섯 번 오고갑니다. 서쪽으로 눈을 돌리니 고갯마루 위로 빨강, 주황, 노랑의 노을이 떴습니다. 눈물이 찔끔 솟았습니다. 기다림은 순수한 슬픔을 지닌 희망입니다.

그리 기다려도 아버지를 마중하지 못했습니다. 저녁숟가락을 놓으면 잠이 쏟아졌고 한밤에 오줌이 마려워 깨면 으레 아랫목을 봅니다. 모란꽃무늬가 있는 모본단 이불의 흰 호청 위로 아버지의 머리칼이 보이면 살금살금 다가가 머리칼 냄새를 조금 맡지요. 그리고 다음날은 아버지 뒤를 바람만바람만 따르다 뜨악한 눈길에 민망해져서 숨어버립니다.

다음 날 소식을 듣고 찾아와

"남계(南溪) 있나?"

대문 밖에 신선같이 투명한 얼굴의 할아버지가 찾습니다. '아버지'나 '애비'가 아닌 아버지를 부르는 말이 아주 낯섭니다. 문 틈새로 듣기 좋은 웃음소리가 새어나왔고, 부엌 아궁이에 불길이 꺼지지 않았습니다. 상을 들이는 부엌언니 등 뒤에서 담배연기에 섞인 애애(靄靄)한 농담을 알아듣지 못하고 다만 웃었습니다.

노란 초가지붕을 배경으로, 봄마다 복숭아나무 백여 그루가 자지러지게 꽃을 피웠습니다. 그러나 매해 보는 화려한 색은 지루했습니다. 삼태기를 닮은 산골짝의 색은 아무리 화려해도 아버지가 묻혀온 대처 색에 댈게 못 됩니다. 아버지가 몰고 온 색은 대청과 사랑채, 변소까지 호롱불이 켜지고, 따뜻해진 공기가 위아래로 섞바뀌며 겅중거리는 색이었습니다. 할머니나 어머니가 평시와 다른 말을 하고, 별식을 만드는 푸른색깔입니다. 아버지의 색을 따라나서고 싶습니다. 키가 크기를 기다렸습니다.

육신의 키보다 기다림의 키가 더 빨리 자랐습니다. 사랑채를 따라 늘어선 목단과 백합과 함박꽃이 활짝 피기를, 그 꽃들보다 화려하고 싶은 내 장래를, 무한할 것 같은 어른의 권리행사를, 열 살이 넘으면서는 하고 싶은 공부와, 하고 싶은 일을 마음껏 할 수 있기를 기다렸습니다. 스무 살부터는 남의 시선에 매이지 않고 내 의지로 내 몸 사용하기를 기다렸습니다.

내가 살아온 시간 중에 기다림에 사용한(?) 시간이 얼마나 될까요. 그 시간을 조각보로 깁는다면 아마도 지구를 넉넉히 감쌀만한 크기일 겁니다. 하지만 기다림은 내가 잡을만하면 꼭 손을 감추며 뒷걸음칩니다. 내 기다림은 보이지 않는 대상에게 바친 짝사랑입니다.

허나 기다림은 지극한 위로입니다. <당신은 어느 쪽이십니까?>라는 시는 세상 사람을 두 부류로 나눕니다. 성자와 죄인은 아닙니다, 누구에게나 양면이 있다네요. 겸손한 이와 거만한 이도 아닙니다, 거만은 값을 칠 수 없다고, 행복한 사람과 불행한 사람으로 나누지도 않습니다. 세상에는 오직 짐을 드는 자와 남에게 기대는 자만 있답니다.

엘리휠러윌콕스의 분류에 따르면 나는 짐을 드는 자로 분류됩니다. 짐을 드는 자는 스무 명 중에 한 명이랍니다. 남자 짐을 들었던 편치 못했던 삼십 년 세월이 위로받습니다. 짐 맡긴 자를 흘겨보았더니 2헤르츠의 음파가 옵니다.

"내년에는 좀 가벼워진다. 십 년 후면 견딜만 해. 삼십 년만 참으면 도사가 되지."

기다림은 나뭇잎 틈새로 보이는 햇살과의 풋사랑놀음입니다.
기다리던 일이 이루어지든 아니든 기다리는 시간은 항상 즐거움을
줍니다. 기다림의 감성은 꼭 파도의 일렁거림 같지요. 낮은 골과
높은 마루를 반복해 짓는군요. 일흔 살 나는 여섯 살 내게 다시
묻습니다.

"얘야, 누구를 기다리니?"

"그냥~."

여섯 살 계집애는 보일 듯 말듯 머리를 흔듭니다. 하지만 또 압
니까, 이 추운 겨울이 지나면 새 봄이 따뜻한 이야기 하나를 데리
고 올지?

≪에세이문학≫ 2012년 여름호

불면증이 축복입니다

라벤더 향을 피우고 꿀잠을 청했는데 노루잠이었습니다. 누군가 손을 내밀었습니다. 그 손을 잡고 상체를 세웠는데 아무도 없어요. 허깨비였나? 전자시계의 바늘은 두 시를 가리킵니다. 왼쪽으로, 오른쪽으로 누웠다 엎드려 그루잠을 청해봤습니다. 허나 한 번 달아난 잠은 꽁지도 보이지 않았습니다.

곤하게 자던 주변 것들도 깨어 술렁댑니다,

"무슨 일이야, 응?"

늘어지게 자려던 공기가 일어나 거닐었습니다. 관음죽이 잎을 뒤집고, 주방의 냉장고 모터가 다시 돕니다. 내 이명도 다시 기능을 찾았지요. 불면 전조증입니다.

낌새는 어제 오후 여섯 시 사십 분쯤부터였지요. 오랜만에 아파트정원 벤치에 앉아 해를 바라보고 있었지요. 아직은 제왕처럼 화려한 해가 붉은 노을물이 번진 팔 층 건물에 걸터앉으려 엉덩이를 내려놓았습니다. 그런데 상가 건물이 확 끌어당겨 삼키지 않겠어요. 종일 게걸스레 사람을 먹어대더니 드디어 해까지.

그리고 발밑이 지싯지싯 기울더니 땅이 표면을 이완시키며 땀구멍을 벌렸습니다. 정원수 밑에서 검정색 이내가 기어 나와 발목 언저리에 알짱거렸습니다. 쓰레기통 틈서리와 주차한 자동차 바퀴 아래서도 할끔거리며 모락모락 나왔습니다. 지하차고에서는 떼거리로 몰려나와 사방에 검은 색을 마구 뿌렸어요, 소방관이 불붙은 집에 호수를 들이대고 물 뿜듯이 검정색 연기를 마구 뿌리더군요.

어둑발이 스커트 밑으로 기어들었습니다. 종아리가 눅진했어요. 벌레들이 허벅지로 기어오르듯 스멀스멀했습니다. 저녁 이내가 자꾸 딴죽을 걸어 체액이 싱거워졌어요. 혼자 일어나 무릎의 피를 혼자 닦던 네 살 때처럼 물기가 눈으로 올라왔죠.

밤을 얻은 것은 생명을 얻은 것에 버금가게 감사합니다. 밤에는 대형마트 계산대나 화장실 앞에 줄서지 않고, 머리와 가슴이 빨간 신호 없는 대로를 삼백 킬로미터로 달릴 수 있어요. 한데 신은 내게 밤을 배급한 것을 후회하고 있는 게 틀림없어요. 하루 대여섯 시간 눈을 감기고 천금 같은 의식을 삼분의 일이나 회수해 가죠. 하지만 명징하고 싶은 불면의 이 밤에야 그도 별 수 없을 걸요

밤도 농익으면 과일처럼 단내가 상큼합니다. 과육 향을 풍기는

동영상이 돕니다. 일에 묻혔던 중년, 젊음이 버겁던 청년기, 밖으로만 뛰쳐나가려던 소녀기, 꿈에 먹어본 떡 맛 같은 유년을 되짚어 줍니다. 방금 전부터 시작해 기억이 시작되는 지점까지 일곱 시간의 장편도 이따금 상영해요.

잠깐만, 저기 저기를 보세요. 남산 방송국 앞입니다.

"재일 교포 북송반대."

내가 보이지요? 기존질서에 대한 생애 처음의 반항이었습니다. 하고 4·19 벙어리였던 걸 사죄하는 행위였고요. 그리고 아버지가 신문을 읽으시네요.

"입치다꺼리도 힘든 때 계집애가 공부하는 건 특권이야, 그걸 팽개쳐? 지 팔자 스스로 망치고, 부모 가슴에 못 박는 고얀 것."

4월 11일 석간에서, 왼쪽 눈에 최루탄이 박힌 김주열의 사진에 분노하신 게 며칠 되었다고 경무대 앞에 쓰러진 여대생을 비난하십니다. 딸에 대한 경고치고는 좀 애살스럽지 않나요?

십대 여자의 정의도 십대 남자같이 순수해요, 국기를 향해 심장에 오른손을 얹는 순간처럼요. 그 때는 똑같이 붉어요. 한데 내 손이, 내 몸을 보이지 않는 끈으로 묶었습니다. 붉은 가슴을 날마다 진저리쳤습니다.

교실에서 광화문이 5분 거리입니다. 24일인가 25일인가 자막이 없네요. 3교시 영문법 시간, 가로 안에 들어갈 영어 전치사가 헷갈리다 최루탄 터지는 소리에 화들짝 도망갑니다. 오전 수업만 했지요. 종로거리가 사람 물결이군요. 사람도 자동차도 태극기도 이성을 잃었습니다, 모두 미친 것 같아요.

입술을 지그시 깨물며 피맛길(避馬路)로 들어섭니다. 매운 연기와 화염병 빛도 쫓아오네요. 남학생 몇이 쫓겨 옵니다. 검은 구두코만 보고 걷던 작은 여학생이 놀라 주춤거리다 흰 손수건을 건네주는군요. 여럿의 눈물 콧물, 핏물을 닦기엔 어림없는 줄 알면서 뒷걸음질 칩니다, 인조견 속치마가 생각났지만 시침을 뗍니다. 나는 이런 내가 싫어요, 속치마 따위가 뭐라고….

금색 교복단추가 가지런하고 검은 모자를 쓴 실루엣은 한 달에 서너 번씩 꿈속에 와서 말없이 쏘아보다 갔습니다. 피맛길에서 보았던 바로 그 눈입니다. 나는 눈을 내리깔았죠. 한 시대의 아픔을 함께하는 나도 '동앓이'라고 한 마디 변명을 준비했을 때부터 그가 오지 않아요. 십 년 전쯤부터인가요.

내 동영상을 되감기 할 때 그가 엿보았을 겁니다, 그리고 알았을 겁니다. 나도 밥풀보다 많은 억지를 삼키며, 장화까지 신은 완전무장으로 잠들어야했던 세월을, 이제 양손에 통증만 들고 자식이 살 순정한 사회만을 기다리는 걸, 동참 못 했어도 엄연한 동지라는 걸.

검은색 자궁 안에서 이백칠십 일, 곰 할머니가 내준 숙제를 했습니다. 한 개의 세포를 여덟 개로 분열시켜 심장을 만들고 '생명'을 만들었습니다, 스스로. 이삼십 억 년 진화한 고등동물을 숨차게 따라잡고 죽자 살자 빛을 따라 나왔어요, 잉태에도 성장에도 꼭 검은색이 참견했습니다.

인습에 길들여진 육신, 사지보다 머리 세포분열 속도가 좀 빠른 것은 불행이죠. 도덕가면을 쓴 관습과 거추장스러운 감성. 밤들도록 혼자 두 몫의 토론을 벌입니다. 진액(津液)을 짜내어 진애(塵埃)를 반죽하고 나서야 관습과 자아가 수호조약을 맺습니다.

새벽 세 시의 태곳적 침묵입니다. 갓밝이의 냉기도 달콤합니다. 검은 색이 땅속의 제 집을 찾아듭니다. 허공에서 새벽의 흰 빛이 축복같이 내려옵니다. 정원수들이 새벽이슬로 머리를 감느라 수선스럽고, 내 커피 잔에는 맑은 액체 두 방울이 떨어집니다. 커피 향이 두 개의 동그라미에서 진하게 피어오릅니다.

평온이 사부자기 옵니다. 약비 같은 평화입니다. 지난밤은 참 다습은 밤이었습니다.

밤은 왜 검정색인지, 오늘 아침이 왜 황량하지 않은지, 왜 불면증이 축복인지를 검은 색이 말했습니다.

2008년 12월

예비 바이러스 환자

독감에 몸살이 겹쳤다. 열이 38도까지 올랐다. 관절이 헐거워졌고, 사지는 곤장을 백대쯤 맞은 듯 늘어졌다. 목이 따끔거리고 입맛도 없다. 인지능력마저 마비되어 생각 없이 누워 있다. 계절마다 치르는 행사다.

일은 해야겠고 몸이 말을 안 들으면 전에는 병원에서 항생제를 맞았다, 치료제가 아닌 줄 알면서도. 이제는 우군 면역 세포가 강하도록 비타민 C가 많은 오렌지를 먹으며 놈이 실컷 놀다 가도록 둔다.

바이러스는 핵산과 지방, 단백질로 구성된 미생물이다. 허나 숙주를 만나면 활동을 시작하고 번식하는 생물이 된다. 단백질과 지방질로 둘러싸인 소 입자가 살며시 숙주생물로 삽입한다. 숙주의 유전물질과 단백질을 빌려 증식한 다음 숙주의 세포를 공격하고 자손 세포까지 깡그리 파괴시킨다, 싹수없이.

바이러스는 특수현미경을 통해서만 보인다, 해도 위대한 힘을 지녔다. 1957년에 백만 명의 죽음을 가져온 '유행성독감'과, 2006년 여름 떠들썩하던 '노로 바이러스'가 그랬다. 열과 자외선에는 약한 '두창바이러스'도 영하 196도에서 10년을 산단다. 1859년 12마리의 토끼를 들여온 호주는 왕성하게 번식했다. 결국 '믹소바이러스'를 수입해 균형을 잡았다. 19세기 미국에서 시작된 '감자잎마름바이러스'가 대서양을 건너 감자가 주식인 이백오십만 아일랜드인을 아사시킨 건 바이러스가 자신의 힘을 마음껏 과시한 사건이었다. 인간은 바이러스의 숙주다, 포로다. 부정하고 싶지만 그렇다.

대학병원에서 에이즈 환자를 만났다. 1981년에 발견된 에이즈도 아프리카 원숭이 몸에 기생하던 바이러스다. 박경순 씨는 가족을 위해 밤낮을 가리지 않고 일하던 천성이 착한 여자였다. 밤일을 하느라 떠돌이 약사에게서 싼 주사를 맞은 대가치고는 결과가 비참하다. 그녀가 사는 읍은 미군을 상대하는 직업여성이 많았다. 소독하지 않은 침이나 주사 바늘이라는 추측일 뿐 원망할 대상도 없어 안타깝다.

접촉이 쉽지 않았지만 갈 때마다 그녀의 소식을 물으며 'HIV바이러스'를 공부했다. 높은 알콜이나 표백제, 크레졸로 간단히 죽일 수 있다. 햇볕에 놓으면 20분 만에 사라진다. 그러나 인체에 들어오면 연산군이나 네로보다 더한 폭군으로 변한다. 가벼운 감기 증세로 잠복했다가 십 년이 지나서 발병했다. 정상인은 1입방미리미터당 천이 넘는 단백질 생성 CD4 세포가 삼백까지 떨어졌다. 망막 손실과 신경마비의 합병증이 왔다. 뇌를 공격하니 윤리와 의지를 지닌 인간의 존엄성은 사라졌다.

그놈은 항복한다고 국제포로협약을 지키지도 않는다. '수포증을 치료하면 '부비동염'으로, 거기 신경을 쓰는 동안 허파를 공격하며 숫자를 늘린다. 가공할 변장술에 의사가 두 손 들었다. 신약 개발도 비웃는다. 육 개월 후 경순씨는 바이러스가 시커멓게 태워 죽였다. 숙주를 태운 바이러스는 살아 남았으려나.

인간은 지구에 존재하는 동물 중 가장 위대한 존재다. 의학발전도 놀라워 불치의 병이라던 암도 육십 퍼센트는 완치시킨다. 이제 치료하지 못할 병은 없고 120세의 인간 본래 수명을 찾을 수 있을 것 같다. 최근에 150살까지 살 수 있다는 논문도 발표되었다.

한데 인간은 생물인지 무생물인지 모를 바이러스의 숙주다. 인류가 지구에 살면서부터 수많은 전쟁을 치렀고 다양한 무기를 개발해 인간을 죽였다. 어마어마한 숫자다. 해도 곰팡이나 바이러스가 죽인 숫자가 몇 배나 더 많다. 지구에 맨 처음 살기 시작한 것도 바이러스, 지구가 멸망할 순간까지 살아남을 것도 바이러스란다. 인간보다 끈질기고 위대한 건 그놈이다.

머리를 질끈 동였다. 잠이 든 것도 깨어있는 것도 아니고 멀뚱멀

뚱 천장을 쳐다본다. 몸 안에서 맹활약하는 바이러스를 어째보나?
자존심 엄청 상하는 노릇이지만 먼저 화해를 청할 수밖에.

"바이러스야, 일이 산더미처럼 쌓였다. 우리는 한 몸을 사용하는 친구다, 들면 날면 하며 지내자, 응."

"친구는 무슨, 너는 내 전용숙주다. 내가 특수현미경 안에만 있는 줄 알았지? 이따금 왕림해서 인간의 오만을 그냥~."

그가 물러난 것은 절대로 내게 대한 승복(承服)이 아니다. 약도 안 먹고 버티는 깡다구가 치사해서일 게다. 인간보다 위대한 생물이 많고 많다. 감기를 앓지 않았다면 바이러스의 권력 크기를 몰랐을 게다. 아니, 바이러스 같은 미물에게 관심이나 두었을라고.

'첨단생명과학시대'에 산다고 뽐내던 일이 좀 우스워진다. 그래 봤자 바이러스 하나 요리하지 못하는 왜소한 존재다. 조물주가 장난삼아 빚은 예비된 샤스 환자, 예비된 간암 환자, 예비된 에이즈 환자가 바로 내다. 예비 상황을 예상하지 못하는 미련함.

"바이러스, 잘 가라. 내가 한가할 때는 다시 와도 돼, 아주 잠깐씩만."

2006년 6월

꼭 필요한 숫자

은행 ATM기 앞에 섰다. 500000을 찍고 비밀번호7895를 찍었다. 차르르 종이 넘어가는 소리에 이어 현금이 나왔다. 다시 10000원짜리 4장을 넣고 거의 주민등록번호만큼 긴 계좌번호를 눌렀더니 수필계간지 대금이 송금되었다.

2-1번 마을버스를 타고, 1호선 전철로 갈아타고, 종로 3가 7-4 자리에서 3호선으로 갈아탔다. 15번 째 백석역에서 내려 4번 출구로 나가 5번 째 점포 본죽 체인점 4번 테이블에서 야채죽을 먹었다. 그리고 '새빛안과'의 16개 계단을 올라 227번 번호표를 들고 5번째 의자에서 40분을 기다렸다. 2호실에서 3가지 검사를 받고, 3호실에서 처방전을 받아 45,670원을 수납했다. 다시 16개의 계단을 내려와 약방에서 5번째로 불려나가 23,450원을 지불하고 3개월분 약을 받았다. 백석역 4번 입구로 들어가 3호선을, 종로 3가

에서 1호선으로 갈아탔다. 23번째 정거장에서 2-1번으로 갈아타고 15번째 정거장에서 내렸다. 슈퍼에서 토마토 3,000원, 상추 2,000원, 돼지고기 27,340원 어치를 사고 40,000원을 내고 거스름 돈 7,660원을 받았다. 현관 앞에서 디지털 키 654321을 눌렀다. 하루 종일 아라비아숫자와 놀았다. 눈뜨면서 눈감을 때까지 숫자로 조작된 퍼즐 맞추기다.

내 몸 안에 숫자도 쉬지 않고 활동하며 나를 조종한다. 43400그램 사지가 1300그램의 뇌를 이고 다닌다. 300그램의 심장은 1분에 72~76번 뛰며 지구 2바퀴 반의 거리 120,000킬로미터의 모세혈관에 혈액을 흘려보낸다. 음식이 들어가면 10000개의 미뢰가 맛을 구별하고, 일어서고 앉을 때마다 200여개의 뼈가 작동한다. 70년 동안 563킬로미터의 머리카락과, 3.7미터의 손톱을 깎았고, 49200리터의 물과 40톤의 음식을 먹었다. 혈당수치와 간수치는 먹는 음식과 양, 운동 정도에 따라 오르락내리락하고 그에 따라 도파민 수치도 오르내린다.

무딘 숫자 감각은 가계부 월말 결산이 괴롭다. 식비 771,280원, 아파트관리비 188,000원, 공과금 299,000원, 문화비, 교통 통신비… 어느 항목이 빠졌나, 바뀌었나? 겨우 1,588,800의 일곱 자리 숫자를 1시간이나 전자계산기를 두드려도 맞출 수 없다.

하지만 가계부 정확하지 못하다고 굶지도 않았고, 자식 등록금 거르지도 않았다. IMF 경제 한파에도 내 방식으로 썼지만 흑자였다. 금값과 쌀값으로 물가변동을 알 수 있다. 갚아야할 식사나 차 한 잔은 머리에 각인하고, 찻값을 아껴 내 책을 샀으니 지난해보다 체중은 500그램 줄었고, 뇌 무게가 0.02그램쯤 늘었을 게다.

엉너리쳐보지만 사실 숫자처럼 정확한 것도 없다. 숫자가 사고 력을 체계화시키고 인간 삶을 편하게 한다. 그리해 9개의 아라비 아숫자를 더하고 빼고, 곱하고 나누고, 순서를 비틀고, 루트나 시 그마 같은 기호를 덧붙였다. 아라비아 숫자는 표의문자다. 1. 2. 3. 4. 5나, 6. 7. 8. 9. 0 라고 써 놓고 달리 읽을 수도, 값을 달리 매길 수도 없다. 앞이나 뒤에 다른 숫자를 덧붙여 늘리고 줄일 수 는 있어도 개개의 값은 절대적이다. 서양인은 문자 말고 숫자에 의지해 살았던 모양이다. 데카르트도

"세상 사물을 다 의심해야 한다. 그러나 숫자만은 의심할 수 없 다"

라고 했다.

내가 애용하는 한글은 단음문자(單音文字)이나 60퍼센트 이상 표의문자(表意文字)에 어원을 두었다. 參은 3이라 읽지만 參加, 參 觀, 參見, 參考로 전혀 다른 의미도 된다. 동양의 정서는 정확보다 는 포용, 군밤에 싹 날 때까지 변치 않는 정과 냉수 마시고 이 닦는 체면이다. 머리부터 발끝까지 동양 토종인 나는 서양정서와 생리 적으로 화합하기 어려워 도망하고 싶다. 이혼사유가 분명한데 그 놈은 무작정 내 이불자락을 들치며 위협한다.

"어디 한 번 내 그늘에서 벗어나보시지."

돈도 돈 같고 친구도 친구 같아야한다고, 배곯으며 모은 모갯돈을 빌려주었다. 숫자를 적은 차용증도 거절했다. 그러나 밤도망을 한 친구는 이십 년이 지나도 소식이 없다. 돈 잃고 사람까지 잃은 건 순전히 내 동양적인 멍청함이지만 액수를 가리키는 서양 숫자는 믿다.

"내 이놈들을 그냥."

A4용지 수십 장에 1에서 0까지 아라비아 숫자를 썼다. 프라이팬에 기름 듬뿍 두르고 볶았다, 까맣게 태워버렸다. 돈 돌려받기를 기대하지는 못한다. 그러나 이 벽사푸닥거리로 이제는 그녀가 어디서든 진실하게 살 거라 믿고 싶다.

내 이해력은 콩나물 한 움큼이 200그램보다, 나무둘레 한 아름이 1.7미터보다 빠르다. '900평 벼 수확 40석'보다 여섯 마지기 논에서 서른여덟이나 마흔 한 섬 소출이라 말하면 빨리 알아듣는다. 해충과 장마로 작황이 줄었다고 40 앞에 −3을, 바람과 햇볕이 좋았다고 +알파 5를 쓰겠나?

후우! 세상살이가 숫자만큼만 정확하다면 얼마나 좋으랴. 아라비아 숫자도 집어내지 못하는 변수가 세상에는 널렸다. 이만하면 되었다고 할 때 조용하던 그림자는 유령으로 변한다. 코앞을 막아서며 대가를 요구한다, 몇 가지 일이 제대로 되거나 그중 하나만 괜찮기를 바랄 경우도 엇셈을 치러야 한다. 큼지막한 먹이를 멀리

던져주어 잠잠하게 한다. 손톱이 닳도록 벌어 모았다고 내 것이 내 것이 아니다, 그럴싸한 거래 후 운명론자같이 좀 비열해진다.

숫자가 곧 사고력이다. 그러나 갠지스강의 모래라는 10을 52번 곱한 항하사(恒河沙), 10을 64번 곱한 숫자 불가사의(不可思議)를 한 번도 써보지 못했다. 그것들은 다른 별의 얘기같이 아득할 뿐이다.

내 의지는 정확한 것을 잡으려하지만 한 시간 앞을 모르는 생활은 모호할 뿐이다. 그리해 전자계산기와 가계부를 치웠다, 변죽울림만으로 산다. 내게 꼭 필요한 숫자만 세어도 먹고 입고 존재하는데 불편하지 않다. 꼭 필요한 숫자가 얼마인지도 모르는 채.

2009년 9월

밍크코트와 빈모려황

사람도 톰슨가젤이나 얼룩말같이 또래끼리 뭉친다. 줄기차게
무리를 짓는다. 같은 직장에 근무하는 동료 중에서도 한 고향 사람
이나 같은 취미를 갖는 끼리끼리 모인다. 고향친구, 동창회, 산악
회, 댄스 동아리 등 모임을 여남은 개씩 만든다. 오늘은 이 모임
내일은 저 모임, 만나서 밥 먹고 술 마시고, 노래방 가는 일을 박사
논문 준비하듯 한다.

만나고 어울리는 일에 꼭 겉치레가 따른다. 화장하고 나들이옷
으로 갈아입어야 한다. 의례적인 인사와 칭찬도 신경을 소모하는
겉치레다. 시간과 돈을 지출해야 한다. 겉치레에 쓰는 시간과 열
정이 아깝다. 만나고 수다 떠는 일이 필요할 때도 있으나 달갑지
않을 때도 있다.

겉치레야 예의만 벗어나지 않으면 좋고 진짜 중요한 건 속치레

라 우겼다. 겉치레와 속치레는 3대 7의 비율이 적당하다는 생각이다. 하지만 관공서나 은행에서, 재래시장에서 질 좋은 서비스를 받지 못하는 게 허술한 겉치레 탓만 같아 속상할 때가 있다. 그럼에도 불구하고 버릇을 고치지 못한다, 아니 시간이 모자란다. 점잖은 자리에 갈 때만 하는 3분 화장시간도 아깝다.

양 쪽 능력이 다 좋은 사람도 있지만 사람의 능력이란 어슷비슷해서 겉치레에 신경 쓰면 상대적으로 속치레에 둔한하게 마련이다. 3대 7은커녕 반반씩 균형 맞추기도 힘든 일이다. 샤넬이나 에스카다 같은 외제 옷이나 구찌나 루이비통 핸드백과 구두, 강남 아파트 한 채 값의 다이아몬드 목걸이에 이질감이 있는 건 겉치레에 맞갖은 속치레를 보기 드물기 때문이다.

서초 전철역에서 내리는데 같은 칸에 탔던 밍크코트를 입은 부인도 내렸다. 평지를 걸을 때 발목에서 멋들어지게 찰랑거리던 부인의 밍크자락이 오르는 계단을 마포자락인양 깨끗이 걸레질쳤다. 계단과 평지를 지나니 또 에스컬레이터가 나타났다. 밍크부인이 성큼 올라섰다. 톱날 같은 에스컬레이터 바닥에 밍크코트 뒷자락이 마구 쓸렸다. 남의 밍크인데 내가 아깝다.

"밍크코트 팔자 영 아니올시다."

그다지 춥지도 않은 날씨에, 그런 옷을 입고 나온 속내는 속치레가 모자란 탓이다.

헌데 아침나절 본 그 밍크코트가 진종일 머리를 쑤석였다. 며칠

전 망년회 때는 오리털 점퍼와 거위털 점퍼가 모두 세탁소에 있었다. 사 년 만에 찾아온 추위에 모직코트를 입고 나가 정신없이 떨었었다. 난방이 되어있는 실내인데 음식 맛도 느끼지 못하고 말소리도 들리지 않을 만큼 떠는 일에 열중했다. 아마도 앞과 옆에서 번들거리는 밍크코트에 주눅이 들었던 모양이다. 밍크가 그리 흔한 줄 몰랐다.

남자에게 예쁘게 보이려는 여자만 하는 줄 알았던 성형수술이 밥그릇을 얻으려는 남자에게 꼭 필요한 일이란다. 40이면 부모가 물려준 얼굴보다 자신의 얼굴을 만들어야했다고, 강력 추천한 인물을 국무위원 후보에서 제외시킨 링컨 대통령의 이야기는 이백 년 전 일화다. 이삼십 대에 취직을 해야 하는 요즘에는 젊은이 거의가 성형수술을 한단다. 영업사원은 물론, 내근사원도 그렇단다. 강남역과 압구정동 빌딩마다 있는 성형외과에 예약하고 석 달을 기다려야 하는 연유다.

돌아오는 길에 밍크코트 세일장을 구경했다. 누구나 입는 보편적인 밍크에 대한 알레르기도 촌스러운 편견이다. 유혹이 점점 자라더니 판단력을 흐려놓았다. 대중교통을 이용하는 사람이 필요하다는 것, 반평생 모을 줄만 알았던 궁기에 대한 반감, 고가 물품을 사주면 어려워진 경제에 이바지하는 길이라는 둥 가증스러운 이유는 많고 많았다. 이참에 한 번 겉치레 대우를 받아 봐?

체격이 별나서 맞는 기성복이 드물다, 한데 거기엔 있었다. 암

컷보다 털이 성글고 윤기도 덜한 수놈의 반코트가, 샀다. 가볍고
따뜻하기가 모직코트는 저리 비켜라다. 몸이 애드벌룬 속에 들어
앉은 것 같다. 공중으로 떠오를까 싶어 발에 저절로 힘이 주어졌
다.

"과연 밍크다."

밍크에 안겨 오며 여왕이 된 기분을 맛보았다.

상점에서 입었다 벗었다 했지만 돌아와 다시 입고 거울 앞에 섰
다. 새 옷은 혼자서 다시 입어보는 절차가 반드시 필요하다. 판매
원의 마술에서 풀려 제 정신으로 바라볼 수 있다. 앞태와 뒤태를
번갈아 보아도 어쩐지 남의 것을 빌려 입은 것처럼 어색하다. 갈등
했다. 환불할까?

한 쪽에 신경을 몰아 쓰면 한 쪽은 허술할 수밖에 없는 외골수
본질이 여지없이 드러났다. 책속에 코를 묻고 있다 거울을 볼 때는
야무지고 당차보이는 얼굴이다. 한데 거울에 비친 얼굴은 냉수 다
섯 사발을 켠 모양이다, 밍크에 싸인 얼굴이 밍밍하다. 시류에 휩
싸임을 삐죽대는 비호감적 색깔이다, 한 가지가 빠진 사마중달의
것이다.

사물의 본질을 보되, 보지 않아도 될 것은 안보는 경지가 빈모려
황(牝牡驪黃)의 경지다. 진나라 목공이 명마를 원한다며 날쌘 수말
을 구해오라고 명령했다. 명령의 진의를 파악한 구방고는 누런 암
말을 가져왔다. 목공은 비장의 안목을 내쳤으나 실은 그가 고른

비루먹은 말이 천하의 명마였다.

그 경지는 모직코트가 밍크코트로 바뀌었다고 얻어질 것은 아니다. 지식축적과 단련된 지혜의 부림인 것을. 모직코트 입고 띤 경험과, 밍크코트가 뿜는 이질감을 감추려는 속물이 감히 그 경지를 엿보려하다니….

싱거워진 얼굴에 간맞출 일이 난감하다. 쯧, 쯧.

2009년 4월

※사마중달; 따라잡을 수 없고 자격지심만 키워주는 사람을 비유하는 말

피맛길 전봇대에 걸어둔 젊음

피맛길이 사라진다는 신문기사를 읽었다. 내 젊은 날의 흔적이 사라진다, 가슴 한 쪽이 서늘해졌다. 머릿속을 재빨리 비우라 세월이 강요했고, 기억이 담긴 물건도 대충 정리했고, 내게 달리 젊음을 말할 건지가 없다. 피맛길은 정리하지 않아도 좋지 싶었는데….

오십 년대에 매일 피맛길을 걸었다. 십대에서 이십대로 넘어가는 들머리 방백을 그 길에 쏟았다. 수송동 학교에서 청진동 골목을 빠져나와 화신백화점 뒤 피맛길로 들어섰다. 종로 2가의 막힌 술집을 피해 잠깐 대로로 나왔다 다시 들어 종로 4가까지 갔다. 원남동에서 창경원 담을 끼고 혜화동을 거쳐 성북동고개를 넘었다.

걷는 건 사고할 수 있는 시간이다. 버거운 젊음을 삭히는 시간이요, 때로 춘원의 장편과 상허의 단편소설과 조우하는 시간이었다.

피맛길은 어느 놀이든 재미있던 고향집 골목 같던 곳이다. 그 길은 그 자리에 늘 같은 모습으로 언제나 나를 기다리고 있을 줄 알았다.

피맛길은 대감의 행차가 납실 때 머리를 조아리고 있을 여유가 없는 사람들이 걷던 골목길이다. '군자는 대로 행'이라니 장사꾼이나 대감심부름이 바쁜 하인들이 애용했을 것이다.

그 무렵엔 대감의 행차도 없고, 광화문에서 청량리까지 찻길도 휑하니 뚫렸고, 서울 인구가 육십 만이라 인도도 붐비지 않았다. 굳이 그 길에 들어서지 않아도 되었지만 피맛길의 아늑함이 좋았다. 둘이 걸으면 어깨를 부딪치니 같이 걸을 사람이 없는 내게 안성맞춤이었다. 몰래 막대 사탕을 빨듯 내면을 들여다보는 오붓한 시간을 주었다.

전쟁에 동의를 하지 않은 사람에게도 전쟁후유증은 골고루 배당되었다. 내 집이나 남의 집이나 전쟁에서 살아남았던 그악스러움이 있었다. 십대의 정서도 겨울 가랑잎처럼 말랐다. 체면을 중시하던 양반 정신은 전쟁이 비웃었고 대신할 새로운 가치관은 아직 만들어지지 않았다. 어찌 살아야할지 아무도 말할 수 없었고, 바라볼 지향점은 어디쯤인지 짐작 못할 카오스의 시기였다. 그것을 스스로 찾아야하는 고민이 매일 나를 찍어 눌렀다. 다만 우리 세대의 장래는 결코 분홍빛이 아닐 거라는 짐작에 세속적 행복을 포기당해야 하는 십대의 성장통이 무거웠다.

집에 책을 펼 공간이 없으므로 빈 교실에 혼자 남아 숙제하고 남은 햇살을 가늠하며 학교를 나섰다. 큰길의 공기는 소름 돋게 싸늘해도 황혼녘 피맛길의 공기는 감미료를 분사한 듯 달콤했다. 어둠이 짙어갈수록 당의 밀도가 더했다. 수직으로 선 건물 벽이 저녁 어스름에 흔들려 청포묵처럼 야들야들해 보이기 시작했다. 식사 일곱 시간 후의 공복은 머리를 맑게 내장을 편안하게 만들었다. 신성루의 춘장향이 흘러나와 위장을 건드리고, 다닥다닥 붙은 술집 진열장에 노란 배추속대와 홍합과 낙지가 진열되고, 아래쪽엔 사과상자―쓰레기통―에서 쥐가 잔치를 하고 있었다.

기자들과 문인들도 해지면 청진동과 피맛길에서 만나 공부(?) 한다고 했다. 김동리 선생이 교장이고 조연현, 최정희, 정태용, 박영준, 유주현 등 쟁쟁한 작가가 고정 출석, 백철, 황순원, 곽종원 등이 청강생인 '우리학교'가 있었다. 밥집이나 술집의 빈방, 여관에서 모였다하면 '섰다' 를 쳤고 최정희 선생은 그 때문에 살림이 더욱 곤궁해졌단다. 여관 주인과 시비 끝에 내로라하는 문인들이 경찰서 긴 의자에 주욱 앉는 진풍경까지 연출했다고 <강물의 끝>에서 술회했다.

불확실한 시대의 불안과 고독을 잊으려는 몸부림이었을 것이다. 오동껍질, 팔공산 스무 끗 사이를 소주잔과 지성과 문향이 바쁘게 왕래했을 것이다. 혼미한 세상에서도 문인의 이성과 양심만이 종교처럼 지표가 되어 줄 것이라는 생각에 한 번 쯤 마주치고 싶은 얼굴들이었다. 허나 곧 포기했다. 원하는 것은 더 빨리 도망친다는 원리를 너무 일찍 터득해버렸다. 물질이나 명예 따위의 모든 세속적인 것들에서 자유롭고 싶다는 조숙한 욕망(?)만 몰래 간직했었다.

1960년의 봄도 여느 봄처럼 창경원 벚꽃나무가 붉었는데, 종로 거리는 학생들의 분노로 붉었다. 세상이 온통 붉어도 여자는 생각도 감정도 없이 살아야한다는 아버지 말씀이었다, 설사 생각이 있어도 얼굴에 감정을 실어서는 아니 되었다. 하기야 입치다꺼리도 버거운 우리에겐 이상적인 사회를 넘겨다보는 생각조차 사치였다. 허나 의식은 아니었다. 행동 없는 의식은 보다 큰 열정의 잠재였다. 부담스럽게도.

좁은 골목 한가운데 버티고 선 전신주에 낭만과 정의와 열정을 벗어 걸어놓았다, 내 청춘은 끝났다. 그리고 내 젊음에게

"내 자신을 위한 시간과 남을 위한 시간을 7대 3정도로"
라고 다짐했다. 생명을 내놓은 또래들에게 내 살아있음이 빚이다. 시리고 아린 날을 잊으면 안 되었다. 그적부터 시작된 불면증은 고질병이 되었다.

오랜만에 피맛길에 들렸다. 무궁화 빵집도, 장터 국밥집의 정서를 부르던 술집도, 심 봉사 두루마기처럼 덧칠한 간판, 핏빛 녹물이 가운데 자음 두 개를 먹어버린 간판, 낭만과 고뇌를 벗어 걸었던 전봇대도 없다. 낯선 것들뿐이다. 내 뜨겁던 열정과 정의를 고

층빌딩이 다 지웠다.

가녀린 가슴에 품었던 고뇌와 이상은 가뭇없이 사라졌다. 흔적들이 다 사라진 다음 '애 늙은이' 라는 별명이 있던 내게도 한 때 정열이 있었다는 것을 무엇이 증명해줄까? 피맛길과 거기 선 전봇대가 소리쳐주기를 기대했는데. 아직도 정의에 대한 열정으로 몸 부림하는데.

2008년 7월

영혼이 웃는 사진을 찍어드립니다

단체사진을 찍기 위해 오일도 시인의 동상을 둘러섰다.

"자 찍습니다. 하나, 둘, 김치~."

웃으란다고 잘들 웃었다, 웃을 일도 없는데. 우스운 생각을 끄집어내려니 방금 전 길가의 개똥을 밟은 생각이 났다. 혼자만 찡그린 모습을 상상하고 피식 웃었다. 연출은 반 박자 늦었다.

웃는다, 웃고 또 웃는다. 안 웃으면 경찰이 잡아가기라도 한다는 듯 웃으며 사진 찍는다. 삼 년 연애하고 활짝 웃으며 결혼사진 찍고 석 달 만에 이혼하는 커플도 있다니 웃음의 유효기간이 석 달인가? 삼십 년 키워준 부모 노고도, 서로의 생각을 맞추자고 다짐하는 각오도 웃음 뒤에서 맥을 못 춘다. 자연스러운 동작과 표정을 잡아낼 스냅 샷도, 근엄하던 증명사진과 단체사진도, 책의 속표지에서 만나는 저자 사진도, 심지어 영정 사진까지 웃는다. 저자가 웃어서 글의 감동을 더한다면, 웃는 영정사진이 저승 문턱을 쉽게 넘게 한다면야….

재당숙이 늘 웃었다. 쌀 배달하면서, 연탄 리어카 끌고 땀 흘리면서도 웃었다. 1920년대 뉴기니아의 포레족 여자들이 부패한 시체를 먹고 쿠루병에 걸렸다. 그 시체에 웃음을 그칠 수 없는 '느린 바이러스'가 있었다. 1920년생 재당숙도 그 바이러스에 감염된 것이 틀림없다. 조카들은 인사하고 재빨리 달아났다.

아기는 눈만 마주치면 웃는다. 배밀이하며 티 없는 웃음을 선사한다. 허나 이십 년쯤 살면 아무 때나 웃을 수 없다는 것을 터득하고, 삼십 년쯤 살면 웃으면 안 될 일이 먼저 생각난다. 사십이면 표정이 굳어진다.

웃음은 역기능도 크다. '웃긴다'는 말에는 비아냥거림이 들어있다. 환한 미소, 호방한 웃음, 전원주의 참깨 웃음 같은 긍정적 웃음도 있지만 간살웃음, 코웃음, 선웃음, 비수웃음, 비굴한 웃음 등 부정적 웃음도 많다. 웃음이라는 긍정적 표정을 연상하는 단어에 부정 의미의 종류가 실린 건 아이러니다.

순기능과 역기능은 부딪치는 순간에 결정된다. 자아와 착각이 찰나적으로 조우한다. 역기능이 발동하면 거짓웃음은 최면을 걸며 풍선처럼 부푼다. 해서 역기능의 웃음은 무섭다.

사람만 웃는 것이 아니라 고릴라와 개도 웃는다. 텔레비전에서 개의 웃음을 녹음했다가 개싸움 말리는 실험결과를 소개했다. 헐

떡거리는 소리 비슷한 개의 웃음이 사람 웃음의 역 진화일지도 모른단다. 만약 더 진화한다면 개의 수놈은 '허허허' 암놈은 '호호호' 사람처럼 웃으려나?

나는 많이 울었다. 태어나면서 혼자 차지하던 자궁의 자유를 빼앗겨 울고, 기저귀 젖어 울었고, 젖 달라 울었다. 외로움 때문에, 꿈이 멀어서, 사랑할 대상을 찾지 못해서, 그리고 자식 때문에 울었다. 이제는 시간을 도둑맞은 허망으로 눈물을 흘린다. 너무 기쁘거나 감격할 때 웃음보다 먼저 눈물이 나온다. 이기적인 사람이라도 몸담고 있는 사회와 인류를 위해 몇 방울의 눈물은 흘린다.

그리 울다 마지막에 가족들을 울리며 떠날 게다. 울음으로 시작해 울음으로 끝내는 코스를 걷는 동물이 사람인데, 조물주는 몇몇 사람에게는 웃는 질환을 부여했다. 그것을 보고 세상에 웃음만 널렸다고, 연속극이 해피엔딩으로 끝난다고 믿었던 사람, 불특정 다수에게 폭력을 휘두르거나 후손에게 물려줄 문화재를 불태운다.

웃어야 좋다. <술 권하는 사회>에서 '웃음 권하는 사회'로 발전했으니 얼마나 다행인가? 그러나 '웃는 사회'는 구호보다 웃을 수 있는 여건을 만드는 것이 중요하다. 너덧 차례 진화에 두세 차례 역 진화를 반복하는 고등동물은 구호를 지나치게 좋아한다, 웃음에만 해당된 일은 아니지만. 웃음과 울음을 쌍기둥으로 세워야 지붕이 편편하게 올라간다. 울다가 웃다가 하는 게 세상살이다.

사진기 앞에만 서면 척 V자를 그린다. 백년전쟁 때 아쟁쿠르전에서 프랑스군 이만 명이 이를 갈았다. 이번에야말로 영국군의 검지와 장지를 모두 잘라 활을 못 쏘게 하겠다고. 허나 육천 영국군이 이만 명 프랑스군을 또 이겼다, 검지와 장지가 건재하다고 프랑스군을 향해 흔든 것이 V자의 효시다. 이차대전 중 독일을 이긴 처칠 수상도 V자를 그렸다. 한데 전시도 아닌 때의 V자는 천박한 경쟁심의 표출이나 자신감 결여의 헛손질이다. 아니면 단지 포플리즘이지 싶다.

9층 여자가 웃음치료실에 끌고 갔다. 웃음까지 이불 속에서 처리하는 방식을 전수받은 내게도 소리 내어 웃고 싶은 본능이 있었나보다. 강사를 꼭두놀음 인형으로 보다가 눈이 마주쳐 어정쩡하게 입을 벌렸다. 입을 여니 핑계가 좋아 사돈집 간다고 익명의 일회성 만남이라는 연막이 처졌다. 솜뭉치 같은 것이 횡경막을 슬쩍 건드려 할할거렸다. 가가대소하다, 옆의 노파가 틀니 들썩거리는 검은 목구멍을 보며 박장대소했다. 눈물을 찔끔거리며 웃었다.

인간의 원초적 감성은 슬픔이다. 흑인영가나 정선아리랑 가락이 심금을 울리는 건 근본 감정을 건드리기 때문이다. 찰리채플린이 폭발적 웃음을 줄 수 있었던 것도 비극을 이해한 개그맨이었기 때문일 게다.

웃고 싶지만 웃지 못한다. 원 감정을 덮는 이차적 보조표정에 서투르기 때문이다. 이리 서툰 사람이 웃는 사진을 찍으려면 특별한 사진관이 필요하다. 세대 차이, 문화 차이, 개인차 다 지울 수 있는 장소라야 한다. 주방세제보다 강한 눈물로 내장에 고였던 불순물을 씻어내야 한다. '통곡의 벽' 앞에서 하듯 차곡차곡 쟁여놓았던 슬픔을 방망이질하며 헹구어야 한다.

영혼이 웃는 사진을 찍어드립니다.

지적 카타르시스를 찍어줄 사진관을 찾는다. 그리 찍은 사진은 아마도 중세의 수도원에서 기도하는 성녀 같은 표정일 것 같다.

2009년 5월

간이 딱 맞는 인사를

하루에도 몇 번씩 하는 인사가 곤혹스러울 때가 있다. 반가워서 하고, 의례적으로 하고, 그냥 지나치기가 뭣해서 하지만 쑥스러울 때 있다. 적절한 인사말을 찾기 어렵기 때문이다. 마음을 담은 인사를 건네는 것은 쉬운 것 같아도 어렵다. 그리해 짧은 소통을 반평생하고도 서툴다. 모르는 사람을 만나면 먼저 허리부터 숙인다. 상대는 훑어보며 이쪽을 탐색중이라 쭈뼛거리게 된다. 낯가림이 심한 내게 가장 고심거리가 인사다.

손을 가슴에 얹고 45도로 허리를 굽히는 오페라 프리마돈나가 있는가 하면, 절도 있는 거수경례를 붙이는 군인도 있다, 처연함이 담긴 스님의 합장도 있고, 충만함을 주는 사제의 강복도 있다. 손이 으스러지게 잡는 악수에는 그만큼 아쉬움을 감지할 수 있다. 우리 집 옆의 홈플러스 계산원은

"고객님, 안녕하세요!"

하고 최상의 인사말을 발음하는데 이마에는

  '전혀 당신에게 인사하고 싶지 않다, 위에서 시키니 한다'

는 대자보를 붙였다. 공공기관에 전화할 때 끝자락에

  "좋은 하루 되세요."

라는 인사를 받는다. 좋은 뜻으로 건넨 말이라 이의를 달지는 않아
도 뒷맛이 영 개운치 않다. 영어의 'have a good time'을 직역한
문구인데 please나 pray를 생략했다.

  "좋은 시간 보내라, 아니면 혼날 줄 알아라."

로 들린다. 고객에게 명령을 남발하면서 좋은 인사했다고 하겠지?

  "사랑한다."

라는 인사도 요즘 흔해졌다. 흔한 것은 격이 낮고 감동이 적다.
처음 보는 사람의 상투적인 사랑에는 이쪽의 사랑 감흥이 일어나
지 못한다.

  의례적인 인사말도 때로는 필요하다. 노인 앞을 지나다 얼떨결
에 나온 인사였다.

  "진지 잡수셨어요?"

  그리고 아차 했다. 배고팠던 시절의 궁상맞은 인사를 아직도 하
다니. 한데 노인은 아직 안 먹었으니 밥 한 그릇 사달라고 떼쓰지
않았다. 아는 척 해주는 것만 감지덕지다. 길에서 우연히 마주친
17층의 원희 엄마가

"어디 가세요?"
라고 헛말 삼아 건네도 나는
"내가 어딜 가든 당신이 왜 궁금해?"
대답하는 대신 웃어준다. 평택시 초입 제재소에는

오늘 당신에게 좋은 일이 있을 것입니다.

라는 글귀가 있다. 거친 송판에 투박한 글씨다. 그 주인은 땀 냄새가 풀풀 나는 사람일 것 같다. 읽을 때마다 나도 그의 사업이 번창하기를 빌어준다.

딸은 초등학교 1학년 때 옆 교실을 돌아다니며 큰 절, 작은 절의 시범을 보였다. 그리고 천성이 착하니 안심했었다. 그런데 4학년 때 인사를 전혀 하지 않는 것을 발견했다. 사춘기의 반항이었나보다.

"사회생활에 지장 많다, 인사 한 번에 용돈 오백 원 줄께."

어르고, 타이르고, 협박해도 막무가내다. 자식을 위한다고 직장생활을 하는 동안 자식은 샛길로 빠졌다. 아이들은 시키는 대로가 아니라 보는 대로 따른다는 생각에 직장을 그만두었다. 딸이 올 시간에 맞추어 대문 앞에 섰다. 자식교육이라고 생각하니 웃음도 나오지 않았다.

"안녕히 다녀오셨습니까?"

80도로 허리를 굽혀 정중하게 인사했다. 다음날 아침에도 대문

앞에서 기다렸다가

"편히 다녀오십시오."

또 다음날 아침에도, 친구 집에 놀러갈 때도, 문방구에 연필 사러갈 때도 줄기차게 했다. 딸은 매일 힐끗 흘겨보며 콧방귀를 뀌고 달아났다. 그러다 열이틀 째 되는 날 드디어 반응이 왔다. 먼저 뛰어와 안기며 외쳤다.

"알아들었으니까 엄마가 먼저 인사하지 않아도 돼."

딸은 지금 집안에서도 직장에서도 인사성 밝은 사람으로 사랑받는다. 어쩌다 받은 교무부장의 전화가

"전 선생은 윗사람에게나 아랫사람에게나 인사 잘하고 성의껏 대합니다. 따님 잘 키우셨어요."

바지를 입고 큰절도 잘한다. 어깨와 등으로 허공에 느릿하게 그리는 곡선에서 어른 공경하는 마음을 읽을 수 있다. 마음으로 간을 맞춘 동작이다. 어른에 대한 공경은 플라스틱 제품처럼 뚝딱 만들어지지 않고, 일상의 실행 속에서 자란다. 그래 명절이 아니라도 절을 시킨다. 딸아이는 일곱 번이든 아홉 번이든 한결같이 간을 맞춘다.

"예쁘게 하는 절 좀 받아보자."

친척들은 볼 때마다 절하란다.

다양성의 시대 만나야할 사람도 다양하다. 인사도 그만큼 사람 따라 경우 따라 다양해져야 한다. 한데 우리의 인사는 판에 박은 듯

"안녕하세요?"

다. 무난해서 아무 때 아무에게나 해도 탈은 없다. 그러나 무난한 만큼 의례적이 아닌 인사가 의례적으로 들릴 수도 있다. 같은 사람에게서 하루에 두 번 듣거나 다섯 사람에게서 들으면 식상한다. 밍밍한 음식 맛이다.

　음식 맛을 결정하는 요소 중 첫째가 간이다. 인사도 간이 맞아야 한다. 마음으로 간을 맞춘 인사는 맛있다. 간 맞는 음식을 놓고 마주 앉으면 친하지 않던 사람도 친근감이 생긴다. 인사 간 맞추는 사람이 삶의 간도 잘 맞출 것 같다.

　오늘 당신에게 간이 딱 맞는 인사를 건네고 싶다. 어떤 인사가 당신에게 가는 내 간절한 마음을 정갈하게 담을 수 있나, 실고추나 황백지단, 미나리 초대 같은 고명까지 얹게 될까? 목하 궁리중이다.

≪에세이문학≫ 2010년 여름

닭갈비 더블클릭하기

내 컴퓨터에는 '닭갈비' 폴더가 있다. '바쁘다, 바쁘다' 하면서 맥 놓고 시선을 허공에 얹는 호사를 누릴 때는 빈 머리틈새를 비집고 앞뒤가 잘린 단어가 불쑥 찾아온다. 산책길에서 발에 걸리는 돌을 차면 돌이 생각을 달고 날았다. 작은 돌멩이는 짧은 사고를, 큰 돌은 느린 사유를 달고 날아갔다. 걸터앉은 바위도 주사액처럼 사고를 엉덩이에 찔러 넣었다.

자극을 받으면 무생물의 본능적 사유도 깨어난다, 생략했던 감성들은 한(恨)이 되었을까? 생각이 여기에 미치자 생각 없이 생략했던 생략들에게 사과하고 싶은 마음이 일었다. 당장 필요치 않으나 언젠가는 불러보려고 모아본 것이 조조의 계륵 같은 닭갈비 폴더다.

21세기, 정보가 넘친다. 가슴과 뇌가 터질 지경이다. 쉬지 않고 새로운 정보를 입력해야 한다. 강한 자극이 아니면 심장도 *끄떡*하지 않는다. 어쩌다 이질적인 자극이 실핏줄 옆을 지나는 감정선을 타고 흐르지만 외면한다. 주위를 서성거리던 생략은 무안해 돌아섰을 게다.

한 가지 양념을 생략하고 한 맛이 부족한 나물무침을 곧잘 만든다. 현관에 붙은 숫자와 거울에 비친 내 얼굴도 수십 번 생략했다. 엷은 잠결에 피리소리를 따라가면 피리 부는 사람은 멀어졌다. 화려한 조끼와 모자를 쓰고, 축복주려는 사제처럼 손을 들다 쥐구멍으로 들어갔다.

진실과 지혜를 섬기려 팔굽혀펴기를 했다. 한데, 넘길 수도 뱉을 수도 없는 작은 덩어리가 때로 목구멍에 걸린다. 해석되지 않는 기호로 친구와 담화 사이에 끼어들고, 중요한 계약서를 쓸 때도 끼어든다. 허드렛일도 사유도 다 생략하고 새까만 어둠 속에 무작정인 무념상태면 생략은 으름장을 놓는다.

"이래도, 이래도 안 잡을 거야?"

두어 번 어르다가 혀를 차며 휘발했다.

어느 날 툇마루 앞에서 작별한 사람이 자드락길을 도는 걸 배웅했다. 산모롱이를 돌 때 두루마기의 긴 고름이 새의 날갯짓으로 날았다. 그 곡선이 심상하게 나누었던 대화를 깨웠다. 몸살을 앓아야했다.

생략은 소외당한 상처다. 드러내지 못한 육신을 부끄럽게 땅속에 묻고 그대로 퇴적층을 만든다. 그가 존재했었다고 기억해야할 사람들이, 백 년을 한 세기로 쉼표를 찍으며 무심히 지난다. 그런 운세와 속성이다, 생략은.

1953년 8월 29일 뉴욕 우드스톡 광장에서 존케이지의 공연이 있었다. 33초에 한 번, 2분 40초에 한 번 피아노 뚜껑을 열었다 닫고, 1분 20초 후에 3악장이 모두 끝났다. <4분 33초> 동안 광장에는 바람소리와 관중의 웅성거림만 있었다. 내면의 감성을 길어 올리란 암시란 무참히 생략되었다.

생략을 생략해도 지구는 잘 돌았다, 생활에 지장이 없고, 통증도 없었다. 0.4의 시력으로 독서하는 만큼 불편하지 않았다. 귀머거리처럼 세상과의 단절을 느꼈더라면 붙잡았을 것이다. 보이지 않으니 불편하지도 않아서 생략했다.

담배 꽃대는 잎의 성장을 위해서 올라오는 즉시 잘린다. 담배농사를 십 년이나 지은 사람도 분홍색 꽃을 모른단다. 본능을 생략당한 꽃대는 억장이 무너졌을 게다. 영선(靈仙)의 꽃대는 어릿보기 안경을 쓴 이리 무딘 혼에 깃들었을 것이다.

내 시간은 자투리까지 가족에게 분배했다. 시간은 퍼내도 계속 고이는 옹달샘물인 줄 알았다. 허나 조물주에게서 얻은 시간은 먹이를 채러 물속으로 곤두박질하는 물총새 같다, 거저 얻은 떡처럼 헤펐다. 통영소반에 은수저 놓아 저녁상 들이고 어수선한 부엌에서는 저녁이면 미열이 넉장거리를 한다.

의식이 활발히 작동을 시작한 건 여섯 살이었다. 첫서리가 온 날 아침 움직임을 생략한 메뚜기를 주웠다. 헛간에 주둥이가 깨져 사용이 생략된 항아리가 있었다. 그 앞에 납죽한 돌을 놓고 메뚜기를 올려놓았다. 새끼를 한 발쯤 끊어 머리에 감고

"아이고, 아이고"

곡을 했다. 메뚜기가 꼼지락거렸다. 충일한 감동이고, 기쁨이었다. 남자아이들이 패대기친 개구리, 나나니벌의 독침을 맞은 딱정벌레, 앞발을 쳐든 채 달구지 바퀴에 치인 버마재비를 찾아 다녔다.

생략은 상처다, 허나 성형수술이나 보톡스보다 나은 묘약이다. 모래시계를 엎어놓고 엎어놓으면 내면의 감성도 자극된다. 워즈워드도 환갑에 무지개를 보고 덤덤한 상태라면 죽는 것만 못하다고 읊었다.

'닭갈비'에 마우스를 맞추고 더블클릭했다. 생략에게도 생략당하지 않은 것에게 듯 예우를 해야 한다. 푸닥거리로는 어림도 없다. 어르고 달래고 배부를 축제를 하자. 진혼굿을 하고 모두 풀어 먹이자. 징을 치는 심정으로 자판에 크게 썼다, 불 켜진 창문마다 글자가 두드리도록.

"잠들지 못하는 생략들이여, 모두 모여라. 걸립이 없어도 좋다."

폴더에 엎드렸던 생략들이, 휴지통에서 휴식하던 생략들이

"와~와."

함성을 지르며 몰려나왔다. 멍에에 짓눌렸던 혼, 관습에 희생된

혼, 누명쓰고 죽은 혼이 넋두리를 풀어놓는다. 분홍색 담배 꽃도, 유산 당한 여아 넋도, 묻혀버린 이육사의 정의도, 사고로 죽은 고종사촌의 넋도, 히스클리프의 사랑도 뛰어나왔다. 회전(回轉) 잔치다. 무당이 사설을 시작했다.

"얼~쑤, 어느 감성이 내 대감이냐, 어떤 진실을 진설했느냐,? 누린 것도 마다시고, 비린 것도 마다신다. 농약 친 채소, 억지로 익힌 과일 다 마다신다. 성깔 있는 내 대감 자~알 모셔라."

"예, 예."

두 손바닥에 열나도록 싹싹 비빈다. 지순한 감성공수를 받으려 모둠발로 뛰어들어 앞섶을 벌린다.

닭갈비 축제다.

2010년 6월

2007 오

성북천변의 능수버들

밤비 소리에 잠이 깨었다. 겨울눈은 사람을 들뜨게 하고, 여름 비는 사람의 가슴을 대책 없이 촉촉하게 한다. 비에 갇힌 시간은 곧잘 과거로 닫는다. 다시 잠들기 어렵게 생겼다. 이리 비오는 한 밤중에는, 멀지만 어제같이 선명한 날의 낭만에 젖는 것이 차라리 낫다.

힘들었던 시간도 지나고 돌아볼 때는 아름답다. 추억은 현재와 미래를 이어주는 아름다운 매듭이다. 과거는 흘러간 시간만이 아 니라 현재의 거울이며, 바작바작 다가서는 미래의 꿈이다.

성북천은 돈암동에서 성북구청 뒤로 해서 제기동을 거쳐 청계천 으로 흘르드는 개천이다. 개천을 끼고 양쪽으로 이면 도로가 나란 히 뻗었다. 양쪽 석축 위에는 능수버들이 마주보며 서 있었다. 능 수버들에서 두 길쯤에 울타리 없는 한옥도 마주섰고 대문에는 오

얏 무늬 검은 장식이 석 줄씩 박혀 있었다. 삐걱거리는 나무다리에 매일 출근하고 퇴근하는 안암동 333~335번지 사람들의 비밀도 고스란히 묻어 있었다.

능수버들은 생김새가 여느 나무와 다르다. 여타 나무처럼 위로 뻗지 않는다, 가지를 뻗쳐들고 햇볕을 더 많이 차지하겠다고 아우성치지 않는다. 어깨에서 힘을 빼고 가지를 아래로 툭 툭 떨어트린다, 땅을 내려다보며 자란다. 긴 것은 긴 대로, 짧은 것은 짧은 대로 옆 가지의 참견도 허용한다. 이완의 힘을 감춘 매우 한국적인 나무다.

아직 땅이 녹지 않은 이월의 나무는 바싹 마른 가지를 쏟아낼 것 같다. 준비 없이 손님을 맞는 듯 조금 어설프게 시린 팔을 젓는다. 비켜서서 보면 마른 나뭇가지 사이로 엷은 아지랑이 기운이 눈치를 보며 흐른다. 겨우내 참았다가 맨발로 언 땅을 헤집어 수분과 양분을 빨아올리고 나르는 작업의 시작이다. 가지 끝에 붓끝처럼 연노랑이 묻었나 싶었는데, 사흘 뒤에는 갓 부화한 병아리를 닮은 중노랑이다. 진노랑을 거쳐 연초록, 중초록으로 나날이 색이 다르다. 진초록 무렵에는 아침나절과 점심나절의 색이 완연히 달랐다.

능수버들은 열 발짝쯤 떨어져 보아야 가지들의 흥을 볼 수 있다. 북풍을 맞으면 중모리로 시작해 중중모리를 거쳐 자진모리로 논다. 마파람이 오면 솔로로 시작해 듀엣이었다가, 사중창으로, 마침내 합창이 된다. 태평가를 연주하다 느닷없이 방정맞은 진도 아리랑을 연주하기도 한다. 바람이 지휘봉을 내리면 제멋으로 남은 흥을 좇는다. 장옷 쓰고 바람만바람만 지아비를 따르는 여인같이 팔을 흔든다.

안암동에서 살 때 정을 뿌리며 능수버들을 지나고, 돌아오며 뿌렸던 정을 주우며 돌아왔다. 쉬는 날, <주홍글씨>나 <종은 누구를 위하여 울리나?> 등의 명작을 능수버들 둥치에 기대앉아 읽었다. 물질도 마음의 여유도 부족한 현실을 부요하게 만드는 유일한 방법이 명작과 만나는 일이었다.

명문여고 졸업생들은 구십 퍼센트가 대학에 진학했는데 나는 찌꺼기 십 퍼센트에 할당되었다. 진학해야할 남동생이 둘이나 있었다. 석축에 쪼그리고 앉아 버들잎을 훑어 물에 실어 보내며 울화를 견디었다. 어쩌다 한 번씩 고개를 드는 낭만도 모질게 구겨 던졌다.

버드나무 둥치에 등을 기대고 <안나카레리나>를 읽다 풋잠이 들었나보다. 나는 머리를 양 갈래로 땋아 늘였다. 주름 많고 구슬이 주렁주렁 달린 중세 여인들 파티복 같은 연분홍 드레스를 입었다. 페치코트가 보일까, 드레스 자락이 땅에 닿을세라 양손으로 살짝살짝 들어 올리며 걸었다. 다리 아래 체격이 건장한 그가 검은 정장차림으로 동쪽의 달을 향해 서 있었다. 그의 모습을 보자 가슴이 터질 듯이 방망이질을 하고, 발은 공중에서 허둥댔다. 그가 나와 준 것만으로 그랬다. '침착해야, 침착' 한 손으로 가슴을 지그시 누르며 둔덕을 돌아서 그의 뒤에 섰다. 그는 무슨 생각이 그리 깊은지 내가 다가서도 몰랐다. 서너 발짝 뒤에서 가쁜 숨소리를 또 가다듬어야 했다. 남의 것 마냥 한 옥타브를 뛰어넘은 쇳소리를 쥐어짰다.

"오래 기다리셨어요?"

그가 천천히 내 쪽으로 몸을 돌렸다, 반쯤 돌아섰을 때 빙어 같은 버들잎이 뺨에 떨어졌다. 다시 잠을 청해도 그는 보이지 않았다, 다음날도 그 다음날도 그는 나타나지 않았다. 꼭 한 번 보고 싶었는데, 뒷모습이라도.

도서관에서 돌아오는 길이었다. 바람이 우산을 뒤집고 몸을 때렸다. 태풍 '사라호'라 했다. 능수버들은 머리를 풀어헤치고 통곡하고 있었다. 울고 싶은 참에 뺨맞은 아이처럼 버들둥치를 안고 목구멍에 걸렸던 선지덩어리를 토해냈다. 그리고 한 시간 후에는 시침 뚝 떼고 저녁 밥상머리에 끼어 앉았다.

2008년 영국여행에서 노란 겨자꽃 밭둑에 선 능수버들을 보았다. 지구를 반 바퀴 돈 거리의 남의 버들도 내나라 능수버들과 똑같았다. 피로와 미열이 있는 이마에 초록바람을 끼얹어주었다. 잊었던 성북천변의 능수버들이 궁금했다.

돌아와 성북천을 찾았다. 능수버들은 자취도 없었다. 시멘트로 포장된 개울 위를 자동차가 씽씽 달리고 있었다. 한옥대신 고개를 발딱 쳐들어야 꼭지가 보이는 빌딩만 즐비했다. 엄마 잃은 아이처럼 두리번거리다 돌아섰다. 나는 내가 상상했던 시간보다 훨씬 긴 시간을 살아왔나보다.

강산이 네 번 바뀌었다. 능수버들은 없어졌다 해도 추억은 생생하다. 물구나무를 서도 브레이크댄스를 댄스를 춘대도 사라지지 않지 싶다. 추억이란, 오늘이 즐겁고 내일은 아름다운 열매가 달리는 생각의 장풍이다.

창밖의 장대비는 호되게 정원수를 때렸다. 천둥이 요란하고 번갯불이 번쩍 일었다. 섬광 틈새로 검은 칠을 해버린 그의 머리와 완강한 등이 퍼뜩 보였다. 그가 얼굴을 보이지 않는 것은 아마도 가장 그리운 사람으로 남기를 바라서일 게다, 하나뿐인 내 남자로.

구태여 워즈워드의 시를 인용하지 않더라도 이리 가슴 두근거림을 품는 일은 얼마나 근사한 일인가? 어느 나이든 아름다운 것을.

《창작수필》 2006년 봄호

제3부

탈(脫) 4등

탈(脫) 4등

　지난해 노벨 문학상 작품, 도리스 레싱의 《황금 노트북》을 두고 미국의 한 신문사는 "4류 작품"이라 혹평을 했습니다. 석차 네 번째를 말하는 것이 아니라 아예 읽을 가치가 없다는 이야기입니다. 4류 인간, 4류 잡지, 4류 감정, 이 모두 상대 못할 대상이라는 뉘앙스가 풍기지 않아요?

　4자는 누구나 싫어합니다. 토정비결이나 신문의 운수란에 4자만 보면 질겁하죠. 4를 발음하면 맥이 스르르 빠집니다. 생긴 꼴도 1자의 당당함도, 비둘기 머리를 닮은 2자의 조신함도 없어요. 그렇다면 3자의 부드러움과 원만함이라도 있어야지 단호한 직선으로 조립된 가지가 창끝 같습니다. 돌려가며 보아도 감성 한 자락 깃들 곳이 없이 살벌합니다.

　나도 물론 4가 싫습니다. 한데 왜 4자와 인연이 깊은지 도통 모르겠어요. 가장 중요한 인식표 주민등록이 4자로 시작됩니다. 4로 시작하는 주민번호를 갖은 사람들, 전쟁으로 배고팠고, 최루탄 연기에 꿈을 빼앗긴 세대입니다. 부모 봉양을 최고의 덕목으로 치는 마지막 세대요, 자식에게는 그것을 기대해서 안 되는 첫 세대입니다.

태어난 순서도 네 번째 출산에 넷째 딸.

"몇째로 태어나고 싶으냐?"

고 물으면 맏아들이라고 대답하려했는데 아무도 내게 묻지 않았습니다. 삼신할머니의 실수에 내가 받는 대우가 조금 억울하죠. 같은 말도 네 번쯤 들어야 내 지식이 되고, 지하철역 에스컬레이트도 네 번을 망설여 올라섭니다. 처음 분양 받은 아파트도 4층. 부정할 수 없이 4류와 친근한 인간입니다.

이게 끝이 아녜요. 운수도 유전인지 4자와의 악연은 외동딸에게도 있었습니다. 초등학교에 들어가 첫 운동회 날, 딸이 50미터 달리기 출발선에 섰지요. 공식적인 첫 경쟁이라 어미 가슴이 벌렁거렸습니다. 딸은 30미터까지 2등으로 달렸는데 옆의 아이를 핼끔핼끔 돌아보더니 4등으로 꼴인했습니다. 3등까지만 상을 주데요. 4등이 3등 바로 다음인데 심리적 거리는 꼴찌와 같아요.

'까짓 것 4등이면 어떠랴. 공부를 1등하면 되지' 했죠. 한데 그게 또 아니에요. 중학교 1학년 중간고사에서도, 기말시험에서도, 모의고사에서도 석차가 4등이었어요. 어떻게 이럴 수가… 일부러 이렇게 꿰맞추려고 해도 어렵지 않겠어요, 안 그래요?

저녁 설거지를 하는 등 뒤에서 딸이 좋알댔죠. 선생님이 교무실로 불러

"넌 4등과 전속계약 했니, 안정된 자리다만 왜 발전이 없는 거야? 꼴등만 하던 영애도 이번에 세 명을 제쳤잖아. 이번 중간고사에서 탈 4등이다, 기말고사에선 탈 3등"

하더라네요.

"그래, 탈 4등! 엄마도 딸도 이참에 아자, 아자! 탈 4등!"

외치고 하이파이브까지 찰~싹 했습니다. 보름 뒤 우편으로 딸의 성적표가 왔습니다.

"2등이닷"

외치고 보니 거꾸로 들고 있었습니다. 돌려보니 석차 5등.

"아니, 탈 4등 하랬더니…."

"탈 4등 맞아요, 뭐."

모녀가 마주보고 웃었습니다. 내가 웃은 게 웃은 겁니까?

1996년 11월 28일에 대학수학능력시험을 치렀습니다.

"모의고사 때처럼 느긋하게 맘먹고 풀어. 내년에 또 봐도 되니까."

고사실 앞에서 딸을 안아주었습니다.

"재수(再修)는 없다"

라고 으름장을 놓았지만 그게 어미 본심이겠어요?

한 번의 5지선다형으로 대학이 결정되고 그것으로 장래가 결정

되고, 그 중요한 시험에 내가 중요하다고 생각한 인성은 빠져있었습니다. 보충수업 끝내고 열한 시에 오는 아이에게 더 공부하라는 말은 못했습니다. 수면을 충분히 취했을 때 사고능력도 생산되니까. 일요일에는 점심 때까지 재우며 왜 실력을 갖추어야하는 지, 배경 없는 사람이 왜 좋은 대학에 가야 하는지만 읊었죠. 논술고사가 부활한 것을 보면 내 4등 머리가 그때 1등 사고를 한 거예요.

고사장 앞의 엄마들은 찍기 훈련 열심히 시킨 1류였습니다. 볼펜을 굴리고 손가락 점을 치고, 학원에서도 문제의 핵심파악보다 질문의 뉘앙스를 잡아 정답을 골라내는 방법을 가르쳤다나요.

평소 찾지 않던 신에게 죄책감을 담은 절절한 기도를 드렸습니다.

"4등 미련은 어미만 지게 하소서. 딸이 어미를 닮은 4류 인생이 되지 않도록, 그저 실수만 하지 않도록…"

점심도 굶고 허물어지려는 몸을 교문을 의지해 울었죠. 십칠 년 동안 잘못한 항목을 하나씩 짚어가며 모니카처럼 참회했습니다. 눈동자가 어떻게 떠내려가지 않았는지 지나놓고 생각해도 이상합니다.

그해에 난이도(難易度)가 높았어요. 200점 만점에 165.4, 칠십구만 팔천칠백 몇 십 명 응시생 중에 딱 5퍼센트선이었습니다.

"요놈의 입방정,… 쯧, 쯧"

수능 바로 전 2차 모의고사 때 공동1등을 했거든요. 그때 만약

'탈 1등' 이라 말했다면 2퍼센트 선이었을 겁니다. 이제부터는

　"탈 1등!"

해야지

≪에세이문학≫ 2008년 가을

만 원짜리 세어보기

지금 우리가 사용하는 돈은 동전과 지전이 도합 아홉 종류다. 그 중에서 가장 빈번히 쓰이는 것이 만원 지폐와 거스름으로 받는 백 원 동전이다. 오십 원 이하의 동전은 제 가치도 잊었고, 오만 원 권 지폐와 십만 원짜리 수표는 고개를 기웃거리며 써야한다. 만만한 건 만 원짜리다. 외출할 때 신용카드 넣고, 만 원짜리도 열 장은 챙겨야 안심이다. 만 원짜리가 사고를 예방하지는 못해도 불안은 덜어주니 든든하다. 낯선 상황에 부딪혔을 때는 만 원 이상의 도움을 주리라. 잘난 건 만 원짜리라고 밀양아리랑도 노래한다.

네가 잘 나~ 내가 잘 나~ 그 누가 잘 나~
외삼촌 곳~간~에~ 만원짜리가~ 잘 나

만 원짜리에 계신 내 이십이 대 할아버님 세종대왕은 신사임당보다 높은 가치를 들고 계셔야 마땅하다. 백만 원짜리에 계셔도 좋을 분이 만 원짜리에 계신 건 백성을 왕으로 대우하던 사상이다. 당신은 아쉽지 않아도 어린 백성을 생각해 한글을 만든 분답게 서민이 쓸 만 원짜리로 내려앉으셨다. 하니 내게는 만원 지폐가 제일 반갑다. 한데 만 원 지폐는 주인마님이 못마땅한 모양이다, 상머슴 주제에 발칙하게 주인을 지르보며 꿀밤을 주려 한다.

놀부가 죽어 지옥에 갔는데 염라대왕이 엽전 세기 벌을 주었다. 좋아하는 돈을 만지다니 얼씨구나 하며 먹는 시간, 자는 시간, 뒷간 갈 시간도 줄이며 세었다. 엽전이 동전으로 바뀌고, 전자동전이 생겨도 계속 셀 모양이다. 돈 말고도 셀 것은 셀 수 없이 많은 걸 모르는 놀부혼자 신났다.

놀부야 엽전을 좋아하지만 나는 만 원짜리를 좋아 한다. 책을 읽다 눈이 따가울 때 통증이 지나가기를 기다리며 만 원짜리를 꺼내 눈감고 세어본다. 뇌 활동에 좋다는 손가락 운동으로 제격이다. 육신을 편히 대하지 못했던 세대의 강박감 표출이다. 다섯 번을 세어도 액수를 모를 때가 있다.

만 원짜리는 루이비통 가방이나 밍크코트, 골프점퍼 옆에 놓으면 너무 초라하다. 허나 쌀이 3킬로그램이고 배추가 3통이다. 모잠비크 아이들이 열흘 굶지 않을만한 액수다. 팔랑개비처럼 넘길 수는 있어도 팔랑팔랑 쓸 수는 없다.

만원 한 장으로 삼일 치의 먹을거리를 들고 올 수 있었던 때, 한 장을 복어회처럼 얇게 두세 장으로 포를 뜰 수 없을까 궁리 했었다. 연구 끝에 백 원 동전이 여섯 개만 모이면 천 원 지폐로, 천 원 지폐가 다섯 개만 모이면 만 원짜리로 만드는 기술을 습득했다. 그랬더니 통장의 동그라미가 늘어났다. 굳은 땅에 물이 고인다던가?

　재래시장에서 양쪽 손에 장 본 물건을 들고 나오다 마이크소음을 만났다. 걸음을 빨리 했지만 붙잡혔다.

　"… 우리 형, 형수와 새벽부터 밤까지 일했습니다. 먹지도 입지도 않고 모아 20년 만에 5층 빌딩 샀습니다. 월세만 받아도 배 두드리고 살 수 있는데, 형수가 두 달 전 위암으로 죽었습니다. 고생 타고난 팔자는 고생이 살려줍니다, 고생 끝나면 인생도 끝나요. 돈 핑계 대지 말고 건강식품 들면서 고생하며 오래오래 사세요."

　나 들으라는 말인가 싶어 발을 멈추었다.

　"자, 퀴즈예요. 가난할 때 죽었다면 개미새끼 한 마리 없을텐데 조문객이 몰렸죠. 우리 형 신나게 조의금 셉니다. 백 장씩 아홉 다발을 묶어놓고, 또 일흔일곱, 일흔여덟 마지막 장을 새끼손가락으로 '탕' 퉁기면서 딱 한 마디 했습니다. 뭐랬을까요? 맞추는 분, 건강식품 석 달치 공짜."

　퀴즈라면 맞추고 싶은 본능이 발동한다. 뭐랬을까? '아이들 위해서 쓸게, 또는 이걸 어떻게 내가 쓰겠어, 당신 이름으로 좋은 일하는 사회단체에 기부할게' 이런 정답이라면 퀴즈로 내지는 않을 게고.

"자 뭐랬을까요, 자, 자, 맞추면 건강식품 거저 드려요."

몇몇이 답을 말해도 다 틀렸단다. 아무리 잔머리를 굴려도 모르겠다. 무거운 짐을 내려놓지도 못하고 자리를 뜰 수도 없었다. 약장수는 퀴즈 낸 걸 잊은 듯 딴 짓거리다.

"한 달 치 십칠만 원, 석 달 치에 삼십만 원."

돈만치 순기능과 역기능이 두드러진 물건도 없다. 적임자를 만났다하면 세를 키울 때까지는 비루하게 아첨하고 일단 제 편이 되면 주인의 상전으로 둔갑한다. 다발로 엮은 키가 크면 클수록 귀신 부리는 부적이 된다. 정의도 누르고, 형제도 이간질시키고 때로 살인도 부추긴다. 손톱이 닳도록 벌어 모으던 사람이 돈의 속성을 몰라 호박씨 까서 남의 입에 털어 넣듯 전 재산 날리는 걸 보았다. 개같이 벌어 정승같이 살라지만 개 같던 과거에 정승 격을 부여하는 것이 말처럼 쉽지 않다는 거 알 만한 사람은 안다. 돈 냄새와 향을 사람들은 매 번 헷갈려한다.

"대한민국, 돈만 있으면 세계에서 가장 살기 좋은 나라죠" 하던 경찰관이 있었다. 뒤집으면 돈 없는 사람 가장 살기 고약한 나라다. 쩐을 받드는 좋은 지팡이가 되려나? 번쩍거리는 금빛계급장이 좀 그랬다.

누군가 돈 쓰는 역량을 계산해 평생 십억 원, 일조 원 쓸 수 있는 자격증을 발부하면 좋겠다, 대학합격증이나 영업허가증처럼. 자격 미달인 사람의 돈은 환수해 복지사업에 쓰고. 그 자리는 대통령보다 훨씬 큰 권력을 갖는 자리라야 한다. 나는 쉴 수 있는 공간과 약간의 식품, 병원비만 얻고 싶다. 분수보다 많으면 고민도 넘치는 게 돈이다. 세상에서 제일 불쌍한 사람은 거지가 아니라 돈만 쫓는 사람이다.

이십 분이 지났다. 하기야 건강식품 석 달 치를 걸고 쉽게 맞힐 퀴즈를 내지는 않겠지. 돌아섰는데 약장수 내 뒤통수에 대고 소리쳤다.

"멋~진 년!"

이라했다고. 피식 웃었다.

그의 형이 딸보다 어린 여자와 산다는데 공연히 내 배가 아프다. 아니 고놈의 쩐이 얄밉다. 그렇다고 만 원짜리를 안 세어볼 수는 없지. 하나, 두~울, 셋, 넷, 다섯… 요것도 세상사는 재민데.

새끼손가락으로 마지막 장을 '탕' 퉁기는 그 남자가 했다는 폼을 해보자. 돈세는 자동기기가 나오기 전, 은행 창구 아가씨가 찰, 찰, 찰 넘기다 긴 손가락으로 퉁기던 멋있던 그 폼. 스물여덟, 스물아홉, 서른, 서른하~나.

"퉁."

아, 된다, 된다. 기분 짱이다.

2010년 2월

울어야 젖을 얻어먹지

'우는 아이에게 젖준다'는 속담이 있다. 울어야 관심을 끌어 젖을 얻어먹는다. 가만있으면 당연한 권리조차 박탈당한다. 조용히 차례를 기다리는 착한 아이에게도 시간 맞추어 젖 주어야한다는 것은 내 생각일 뿐이다.

안과에서 몇 가지 기본검사를 했다. 안압수치를 묻는데 삼십대 조수가

"그걸 누가 환자에게 일일이 말해. 챠트에 적으면 되지?"

라고 퉁명스레 대답했다. 시간과 돈 들여 검사한 환자의 궁금증은 무시당했다. 울기 싫어 개인병원에서 다시 검사했다.

KT와 하나로 통신이 서로 자기네 인터넷을 쓰란다. 권고가 아니라 상대편 손님을 뺏어가려 팔을 걷었다. 몇 마디 상담을 했을 뿐 딱히 바꾸겠다고 하지도 않았는데 직원이 와서 컴퓨터를 만지

더니 다음부터 KT에서 요금이 나올 거란다. 별수 없이 하나로에 해지신청을 했다.

"진즉 말하셨다면 우리도 그런 혜택 드리는데."

"왜 진즉 안내해주지 않았나? 알았다면 옮기지 않았지."

졸지에 촐싹거리는 초라니가 되었다. 단골고객은 울지 않으니 받을 돈 다 받고 빼앗기게 생긴 고객에게만 혜택을 준다니 좀 그렇다.

KT 통신망은 95퍼센트, 차지하고 하나로는 겨우 5퍼센트란다. 비슷한 비율이어야 서비스 정신도 경쟁이 붙을 게다. 거기에 고객 유치를 하던 젊은 남자는 그곳 아니면 밥도 못 얻어먹게 말씨가 어눌했다. 하나로를 쓰기로 결정하고 KT에 통고했다. KT의 설치비 삼만오천 원 용지가 날아왔다. 말이라도 후련히 뱉고 내려고 삼십 분을 걸어 회사를 찾아갔다. 창구의 여직원은 설치했으니 설치비 내는 건 당연하다고 했다. 혼잣말로

"고래싸움에 새우등 터지네, 인터넷에나 호소해볼까."

여직원 얼굴색이 달라지더니 과장한테 인도했다. 딸이 시집가고 나서 컴퓨터도 일 년을 잠잤다. 설치 후 자동이체로 요금이 빠졌다. 전화나 가스요금처럼 기본요금만 빠져나갔다면 할 말이 없다. 키지도 않았는데 열 시간 쓸 때와 똑같이 빠졌다. 확인도 않고 돈만 챙기는 것이 상식적으로 옳으냐고 억지(?)를 썼다.

"하나로 약정기간이 끝나면 다시 우리 것을 이용하십시오. 어머

니께만 설치비 감해드리겠습니다."

과장이 생색을 냈다. 그러나 특혜가 아님을 안다. '인터넷'에 올리겠다는 말의 효과다. 몰상식한 건 이쪽인데 떼쓰고 울었더니 젖을 얻어먹었다.

먼저 살던 장기임대주택에서도 당연한 권리를 찾기 위해 울어야 했다. 5년 지나면 분양받아 팔 수 있었다. 해서 오 년만 참았다 큰 평수로 늘리려했다.

어느 날 화장실 타일이 귀신손가락으로 밀 듯 들떴다. 차츰 임신부 배처럼 부풀더니 드디어 우르르 쏟아졌다. 관리사무실에 얘기했더니 소장이라는 작자의 말이 걸작이다.

"화장실 벽이 그렇다고 볼일 못 봐."

"손님이라도 오면 그렇잖아요?"

"그 집에는 화장실 구경하려고 손님이 오나?"

반말짓거리하는 소장님께 구십 도로 인사드리고 나오며

"통하지 않는 인간하곤 말을 말아야. 나야 지장 없지만 남에게 넘길 때도 지장 없어, 당신이라면 시멘트벽이 드러난 집을 사겠어, 세 들겠어?"

물론 자신 없는 혼잣말이었다. 근처의 타일 가게를 돌아다녔다. 십 센티 정사각형 타일은 더 생산하지 않는 구식이란다. 변기 들어내는 공사라며 칠십만 원의 견적을 내밀었다. 5개월 생활비였다.

며칠 고민하다 물에 빠진 사람 지푸라기 잡는 심정으로 동아일보 독자란에 투고했다. 기사가 실린 다음날 매스컴의 위력을 확인했다. 명절 전날 아침상도 물리기 전에 대한주택공사의 담당과장과 기술자와 인부가 들이닥쳤다.

"조사해서 아줌마가 잘못한 것으로 판명되면 명예훼손으로 고발합니다, 신문에 대문짝만하게 내다니."

과장이 으름장을 놓았다. 소시민 근성은 또 찔끔했다.

기술자가 벽에 붙은 타일과 떨어진 타일을 살피더니 공사과정의 문제란다. 골조공사는 시멘트와 모래를 1:3으로 섞고, 타일 부착은 1:8로 섞는단다. 모래가 많은 반죽은 5도 이하로 내려가면 벽에 접착되기 전에 얼어버린단다. 공기 맞추려고 난로 켜고 작업했겠지만 벽에 부착되기 전에 얼어버린 상태라고. 과장은 고발 못하는 것이 억울한 표정이었다.

과연 우니까 젖을 먹을 수 있었다. 분홍색 장미꽃이 그려진 장방형의 최신식 타일이 붙여졌다. 찬거리 사다 인부 점심해 먹이는 일이 신났다. 통장에 원고료 2만원도 입금되었다. 육백구십 세대 중 타일이 떨어진 삼백오십 세대는 자기 돈으로 고쳤다. 돈 없는 사람은 이십 년이 지난 오늘까지 아파트 창자인 철근 골조를 감상하며 일을 본다, 울 줄 모르는 얼간이들이다.

울자 울어. 세상이 시끄러워지건 말건 내 알바 아니지. 울어야 젖을 얻어먹는다니까.

2010년 2월

왕배야덕배야!

1.

아파트 정원수 수수꽃다리 향기가 진했다. 젊은 여자가 꽃송이를 따고나서 옆의 복숭아 가지를 휘어잡았다.

"그걸 왜 따요, 여러 사람 보게 놔두지."

"우리애가 따 달래요."

학교 앞 대추나무도 대추형태를 갖추기 전에 없어졌다. 따서 발로 으깨버린다. 광교산 도토리, 밤나무도 해마다 열매를 맺는데 익힐 권리를 박탈당했다. 나무들은 해마다 열심히 열매를 맺고 해마다 유산 당한다. 기껏 배태한 자식을 유린당하고 허청거리는 나무를 쳐다보기 민망하다. 생활에 여유가 생기며 옳고 그르고를 따지기 전에 자식이 원하는 것은 다 해주었다. 전쟁 뒤끝에 마음껏 먹고, 마음껏 못 입힌 게 미안했으니까. 그들이 자라 결혼해서

제 자식에게 또 이리 헌신적이다. 우리의 자식교육이 얼마나 위대
했나?

2.

백화점에 갔다가 사람들이 모여 섰기에 기웃거렸다. 카드 접수
를 받고 있었다. 젊은 여자가 내게 손가락질하며 소리쳤다.

"걸리적거리지 말고 저리 비켜요."

"?"

"이거 직장인이나 재산 있는 사람만 하는 거예요. 아줌마가 직
장이 있어요, 재산 있어요?"

화장기 없는 얼굴에 왜소한 육신, 아무렇게나 걸친 옷을 내려다
보며

"서른세 평 서민아파트는 재산세 내도 재산은 아니군."

뇌까리는데 그 여자도 들었다. 쫓아오며 팔을 잡았다. 애들 학
원비를 보태달라고. 처세술 놀랍지?

3.

음식물 쓰레기를 버리러 나갔다가 17층 민희 엄마를 만났다.

"민희 할머니 정정하시죠?"

"너무 정정해 탈이지요."

무슨 말인가 했더니 저녁에는 늦도록 아들을 기다리느라 거실

소파를 차지하고, 아침에 아들이 나갈 때는

"차조심 해라."

라는 인사를 빠트리지 않는다며

"환갑 나이 아들을 아주 초등학생 취급해요."

라고 했다. 노인은 아들의 사회생활도 며느리 살림도 참견하지 않았다. 며느리가 하라는 대로, 주는 대로 먹는 걸 안다.

정화수 떠놓고 비는 심정이 '차조심 해라'는 표현이었을 게다. 며느리도 코밑이 거뭇해지는 자신의 아들에게 굵은 소리, 중간소리, 잔소리 빼놓지 않는다. 팔십에는 자식에 대한 사랑마저 끊으라고?

4.

아파트 입주가 한 달 앞이었다. 작은방을 확장하려고 벽을 헐어놓았는데 신청서가 없다는 아르바이트생의 전화가 왔다. 책임자는 내 말을 믿지 않았다. 신청서를 찾고 법석을 떨어도 없으니 전화신청이라고 우겼다. 수선 끝에 겨우 전화로 작업지시를 하다 101동을 102동으로 들었단다. 이천삼백 세대 중 열 집이나 된다며 머리를 싸안았다. 그리고 나를 설득했다.

"마당 쓸고 동전 줍더라고 이참에 확장합시다."

"식구가 적어 확장할 필요 없죠."

사흘 후에는 허는 비용은 안 받는다. 그래도 싫다니

"이 여자 정말 답답하네. 싼 떡인데 안 먹어, 남들은 다 하는데?"

아주 반편 취급이다. 얄밉다. 확장해라, 안 한다, 한 달을 입씨름했다. 입주가 시작되었다.

"그냥 입주하겠습니다. 돈 다 받고 벽허물고 시멘바닥에 입주시키는 회사는 당신네뿐일 겁니다. 뉴스에 안 나오려나."

그제야 벌레 씹은 얼굴로 원상복귀 하겠단다. 이 대목에서 문제의 알량한 내 휴머니즘이 발동했다. 그쪽도 악의 아닌 실수다. 상대방 실수라도, 손해는 연관된 내가 나누어야 한다. 박박 우기며 고객을 궁지로 몰아 실수를 감추고 이익만 추구하려던 속셈이 괘씸했을 뿐이다.

실수부터 인정하고 사과하고 함께 대안을 찾아야했다. 건설회사만 아니다. 주변에 곰팡이처럼 번지는 이런 풍토가 정말 싫다. 필요 없지만 확장했다. 내 자존심이랄까 정의감은 이겼다. 하지만 드러난 결과는 참패다. 녀석들이 웃을 게다, 무식한 여자가 설득당하지 않고 배겨?

5.

앞 동도 우리 집과 같은 구조다. 안방은 부부가, 작은 방은 고등학생 아들, 하나는 손녀와 할머니가 쓰는데 두 사람은 매일 다툰다. 할머니가 책상을 치우면 손녀는 방방 뛰고, 찬바람 든다고 문 닫으면 늙은이 냄새난다고 열어젖힌다. 아들이 민망스럽다. 어머니 덜 무료하게 말벗을 만들어드리려 했다.

"낮에는 나가서 바람도 쐬고 말벗이라도 하세요. 요 앞 단독주택에 일흔 중반의 할아버지를 소개해 드릴까요?"

서너 번이나 조심스럽게 여쭈어도 할머니는 대답이 없었다. 젊어서 혼자된 어머니가 아직도 남자에게 부끄럼을 타는 줄 알았다. 괜찮다고 아무도 이상하게 생각지 않는다고 몇 번이나 달랜 끝에 나온 할머니 대답은

"그 영감 돈 많으냐?"

가랑비에 옷 젖듯 모두 쩐에 취했다. 그렇지 않고서야 팔십대 할머니의 기발한 발상은 이해되지 않는다. 본인도 자신의 입에서 이런 말이 나오리라고 이십 년 전에는 상상 못했을 게다. 하늘에서 내려오는 비나 눈에 17도의 알코올이 포함되어 있나보다. 모두 비를 즐긴다, 한데 나만 피했을 테지. 아니다. 나만 비를 맞고 모두 피했나?

6.

친구가 딸을 시집보냈다. 상견례를 치른 다음부터 물 밑으로 갈아 앉았던 남존여비 사상이 불거졌다. 친구는 형편에 넘치는 예물 봉투와 봉물까지 챙겼다. 반이 못되는 금액이 답례로 왔다. '사돈 선물은 저울로 단다'는 말을 시어머니짜리도 귀동냥 했을 텐데

"아들 가진 내 방식이다. 어쩔건데?"

친구는 딸 낳은 죄인이 되어 질질 끌려갔다. 조촐하고 의미있게 치르려던 처음생각은 아예 접었다. 21세기의 딸도 여전히 바겐세일 아닌 떨이상품이다. 신랑 쪽은 안면있는 사람 모두에게 고지서 남발해 이미 낸 부조금을 회수하고 앞으로 지불할 가능성이 있는 축하금까지 미리 챙겼다. 그러고 싶지 않은 신부 쪽만 초라했다. 친구 남편이 딸의 손을 잡고 입장해 신랑에게 전했다. 이제부터 네 물건이다 명토 박는 의식이다. 이미 사라진 17세기 서양풍속이다. 한 손에 신부, 한 손에 회초리를 건네는 16세기 러시아 풍속까지는 몰랐겠지. 인수인계 하는데 증인으로 불려온 하객은 멋 적다.

리디움 스테이크는 질겼다. 정원보다 세 명을 더 끼워 앉힌 테이블. 옆 사람의 팔꿈치가 자꾸만 신경을 건드렸다. 핏물이 고인 접시에 포크를 던지고 일어섰다. 혼주에게 인사나 하고 가려고 폐백실을 기웃거렸다. 신부는 활옷입고, 족두리 쓰고, 버선 신고 절했다. 절 받고 일어서는 시어머니 볼은 시퍼렇게 날이 서 곁에 다가서면 살갗을 벨 것 같다. 윗대에 큰절, 한 항렬에게 맞절, 아랫대에게 반절이 모두 끝났다. 폐백상 위에 굴러 떨어진 대추와 은행꼬치였던 이쑤시개가 너저분하다. 자기가 차렸지만 사돈이 헝큰 상에서 벌건 립스틱이 묻은 술잔을 입에 대던 친구가 감전된 듯 발딱 일어났다. 완전 사돈 매너리즘이다, 아니 절 받는 병에 걸렸다.

요즘이야 결혼식 두세 번 하는 거 흉도 아니다, 장례식은 한 번이다. 최고급으로 보내드려도 풍수지탄(風樹之嘆)은 남는다. 한데 쩐 많은 사람도 부모장례식은 일반장례식장에서 치르고, 돈 없는 사람도 자식 결혼식은 호텔에서 쩐과 인맥을 과시한다. 호텔과 혼주 허영심에 축하객이 웅성거린다.

"대단한 집안인가 봐."

대단치 않은 사람은 결혼식 하지말자, 장례식에는 가고 호텔 결혼식에는 가지 말자? 왕배야덕배야

2010년 8월

노벨상을 타야지

숫자 감각이 나만치 둔한 사람도 찾기 어려울 게다. 남이 십분 걸려하는 계산을 한 시간 끙끙거려도 틀린다. 그 모자람을 보충해 평균과 비슷해 보이 게 만드는 건 백분율이다. 대화에서 70퍼센트 듣기도 잘 지키고, 육류는 30퍼센트 이하로 섭취하라니 정육점을 지나 채소가게로 간다. 식초, 설탕, 소금을 황금비율로 배합해서 나만의 초밥을 만들기도 한다.

한데 백분율은 정확한가? 성장도 쇠함도 일정한 속도로 진행되지 않는다. 어느 순간은 정지 상태, 어느 순간은 몇 단계를 훌쩍 뛰어넘기도 한다는 걸 감지한다. 아이들 자라는 모습도, 늙음도 그렇다. 몇 번의 숫자를 더하고 나눈 결과로 수재다 둔재다 말하기는 어렵다. 백분율은 끝없이 변화하는 것들의 어느 시점의 수치일 뿐이다.

로또 복권에 당첨될 확률이 길 걷다 벼락 맞을 확률이라면 일 년에 이천 번이나 벼락이 내리는 브라질 사람이 사야한다. 한데 확률을 믿지 않는 브라질 사람은 안사고 우리나라 사람이 잘 산다. 814만 분의 1 확률이라는데 일주일에 평균 두 번씩 산단다. 어김없이 1등도 나온다.

부유층과 빈곤층의 척도인 지니계수. 0에서 1까지 10등분하고 소수점 두 자리까지 세분한다. 경제가 어려워도 부유층은 지장 없는데, 빈곤층의 고통지수는 생존을 갈라놓는다. 0을 만들자고 사회학자가 신문에 논설을 발표하고, 정치가도 이런저런 정책을 시도한다. 그러나 수치는 점점 커지고, 위화감은 수치보다 몇 배나 더 커지고 있다.

황명수 의원의 일부일처제 초안에 모두 도장을 찍었다. 비밀투표 결과는 찬성 3퍼센트였다. 의원 모두 자기 첩은 버릴 수 없단다. 명분 따로, 실리 따로의 백분율이다. 박순천 의원이

"일부일처제는 민주주의로 가는 지름길입니다. 선진국 모두가 시행합니다. 거수투표를 제의합니다"

해서 한눈팔던 김두한 의원이 앞자리 당수를 보고 급하게 두 팔을 들어 찬성 101퍼센트로 가결되었다나. 내가 사랑하는 이 나라 국회의원 나리들 해프닝이 생각날 때는 자다가 웃는다.

선배가 폐암4기였다. 하느님께서 치료해주실 것을 믿고 항암치료를 받지 않았는데 4년 만에 하늘나라에 갔다. 전지전능하신 하

느님의 확률은 허사였다. 차라리 공인된 생존율 5퍼센트를 믿었더라면 더 살았을지도 모르는데.

욕심과 절제가 비율을 무시하고, 몸과 마음이 동서로 줄다리기를 한다. 딴죽 거는 사람과 계속 만나야 할지 절교해야 할지 헷갈릴 때는 새로운 지표확률이 꼭 필요하다. '234번 버스 전전 정류장 출발, 5분 뒤에 도착'이라는 버스정류장의 안내표시 같이 90퍼센트만 맞아도 된다. 숲 속에서 길을 잃었을 때 손에 든 나침반 같은 확률이.

문명발달이 삶의 방식을 바꿔놓았다. 의식변화도 사람들 감정도 변화무쌍하다. 따라서 개연성 확률도 달라져야 한다. 우리가 사용하는 정면수치에 이면의 수치를 더하고, 시시각각 변하는 잡다한 변수, 팥죽 끓듯 하는 변덕감성까지 첨가한 새로운 백분율이 꼭 필요하다, 칠면조의 벼슬 같은 감성까지 첨가한 획기적인 백분율이 필요하다.

뇌졸중으로 사지가 마비된 환자 허친스가 커피를 마시고 싶다고 생각하자 두개골에 넣은 96개의 센서가 컴퓨터에 이어진 전선으로 로봇을 움직여 41년 만에 커피를 입으로 가져갈 수 있었다. 2008년 피츠버그대 뇌과학 연구진의 결과다. 그러나 육신을 움직이려는 최소의 기초적 단계요, 바람직한 결정을 정확히 잡아주는 기기는 어느 천 년에 나올지 모른다.

요행을 믿는 도둑이 남의 담을 넘기 전에

"근래 한국 경찰은 과학적인 수사가 국제적 인정을 받고 있음, 오늘 밤 주인이 잡힐 확률은 98퍼센트"

를 읽는다면 포기할 것이다. 도둑질도 잘 살려고(?) 하는 짓, 그리고 쇠고랑을 차고 싶겠는가? 음주운전도 사고 확률을 정확히 모르니까 저지르는 일이다. 연애 못하는 남녀가 선볼 때 결혼할 상대방의 인간됨을 정확히 읽고 평생을 결정할 수 있는 지혜가 필요하다. 이 경우 시원치 않은 지혜보다 똑똑한 기기가 필요하다.

OECD 회원국 중 13위 경제대국인데 자살하는 사람은 OECD 평균의 2.5배다. 십만 명 당 31명, 하루에 35명, 한해에 12000명으로 교통사고 사망자의 2배다. 잘못 산 인생을 잘 마무리하는 최선의 방법이 자살이라는 답은 어떻게 얻었는가? 20대 사망의 자살 40퍼센트라는 통계는 가슴 애련하다.

급한 사람이 우물 판다, 숫자개념이 없는 나라도 나서야 한다. 자살순위 1위라는 OECD 통계는 참을 수 없는 불명예니까. 주사제보다는 알약이 편리할 것이다. 자살실행 1분 전에 한 알 삼키고 스마트폰 같이 생긴 기기를 들여다본다. 건전지나 연결된 선이 없어도 센서가 작동해 문자가 뜬다. 70대 노인들 자살시도에

"서두르지 않아도 그날은 반드시 옵니다. 새로운 취미를 찾으십시오. 사는 게 다시 즐거워지실 겁니다."

라는 문자가 씌었으면 '그래 어차피 올 날인데 뭘' 이라 생각을 바꿀 게다. 대학에 떨어졌다고, 사업에 실패했다고, 자식과 남편이

속 썩인다고, 어차피 죽을 건데 라는 사람에게는

"엄살떨지 말라. 한 시간 전에 죽은 옆집 사람은 당신을 닮으려고 평생을 허우적거렸다"

라는 처방을 줄 것이다. 헛된 욕망은 재빨리 접을 게다, 사람들은 3분에 한 번씩 성찰하게 될 게다. 세상을 정화시키자, 자살하고 싶은 사람이 자살 욕구의 200퍼센트의 열정으로 살게 하자.

이런 0000지수를 표시하는 기계를 특허내면 '인간복지를 위해 봉사한 최고의 상'을 타고 오대양 육대주로 수출해 로열티 받고 돈방석이 아니라 돈 매트를 깔고 눕는다. 내년도 노벨 생리의학상은 내 차지다. 아니, 이그 노벨상이면 어때서?

※이그노벨상; 발명하지 말아야할 것을 발명하는 사람에게 주는 상.

2009년 11월

보이스 피싱이 어때서

보이스피싱이 극성이다. 보이스피싱에 걸리지 않으려면 낚시를 물지 않아야한다고 매스컴이 친절하게 일러주는데 중요한 입질(?) 일지도 모르는 상태에서 안 물 수 없다. 컴퓨터에 몰두해 있다가 국민은행에서 내 돈 이백만 원이 인출되었다는 말에 은행까지 달음질 친 적도 있다. 거래은행이고 잔액이 몇 백 있었으니 혹시?

사기성 전화가 극성을 떨기 전이다. 보이스피싱은 확실한데 도움이 되었던 보이스피싱이었다.

아버지 초상을 치른 것이 십 년 전쯤이다. 아들 둘이 모두 출세했고 여든 여섯이셨으니 호상(好喪)이라고들 했다. 허나 정신적 지주를 잃은 나는 인정할 수 없었다. 내 아버지가 아니 계신데 하늘이 여전히 푸른 것도, 시침떼고 돌아가는 세상도. 기계적으로 밥을 떠 넣고, 쓰러져 잠들었다. 토끼잠과 불면증이 교대로 이어졌다. 그리고 매일 밤 까무러치듯 땅 속으로 빨려 들어가는 무의식 속에서 애처롭게 나를 바라보는 아버지를 만났다. 말없이 한참씩 서 있다 돌아서셨다.

신경을 찢는 전화벨 소리에 잠이 깨었다. 한 밤중의 전화는 터무니없이 크게 들린다. 야광 시계는 12시를 가리키고 있다. 이 시간에 누구일까?

느닷없이 여인의 울음소리가 들렸다. 2~3분이나 지나서

"아니 어쩌다가… 장례는 잘 모셨구?"

그리고는 또 북받치는 울음이다. '아하, 아버지 초상을 모르고 넘어갔던 사람이 뒤늦게 전화조문을 하는구나.' 내 서러움도 다시 들쳐진다. 셋째 딸이 늘 아버지의 가슴 속 멍이었다. 눈가에 뜨거운 열기가 맺혔다.

"얼마나 인자하고 덕이 많은 분이었는데…"

"그래요. 살아 계실 때는 더러 원망도 했는데."

"빈손으로 왔다 빈손으로 가는 세상, 그렇게 살아야 해. 적선을 많이 하면 자식이 복 받는 게 맞아, 그래서 아들이 출세했지."

"그런가 봐요"

"이제 마음을 다잡아 산사람은 살아야지."

고맙게도 내 걱정까지 해주었다.

아버지 지신도 가난에 허덕이면서 더 가난한 사람을 위해 얇은 주머니를 터셨다. 어차피 내 것이 없는 세상, 돈은 더 급한 사람에

게 가야 한다고. 내가 한두 끼 굶어서 사흘 굶는 사람을 먹이는 것이 부처님께 공양드리는 것보다 낫다고.

"글쎄 수제비 안 먹겠다고 우는 둘째를 데리고 나가시더니 누런 봉투에 쌀 두 되 들려 보내셨더라고. 넉넉하면 한 가마니도 보낼 분인데. 그 쌀 먹으며 엄청 울었지."

"…"

"한 번 찾아 뵙는다 뵙는다 하면서도 나 살기 바쁘다고…"

기억까지 시나브로 실종된다는 사실은 통곡해도 부족하다. 명석을 깔아주니 형제들 눈치보느라 내색 못했던 설움까지 합세했다. 전화기를 맞잡은 두 여자는 5~6 분이나 마주 울었다.

'그런데?' 느닷없이 당숙모의 일그러진 표정이 떠올랐다. 당숙은 오 년 전에 돌아가셨다. 당숙모에게 잡혀서 동사무소 한 번 못 가던 분이셨다. 돌아가신지 이 년 뒤 마침 미국 딸네 집에 해산바라지 가려고 추석 이틀 전에 성묘를 갔다가 낯선 모자가 당숙의 산소에 절하는 모습을 보았단다.

"아들이 붙잡지 않았으면 쫓아가 그 년 놈을 패대기를 치는 건데."

기막혀하던 표정이.

어머니가 아니고 내게 전화를 하는 건 이상하다, 밝은 날에 해도 될 것을… 혹시?

그러나 나는 무엄한 생각을 도리질해 지웠다. 부모가 맺어준 무식한 아내를 두었던 지식인 남자 거의가 작은집을 두거나 바람피

우는 일이 유행처럼 번지던 시절이었다 해도 아버지는 지식도, 지혜도 여성스러움도 없고, 정서적 소통도 기대할 수 없는 어머니를 체념하셨다. 스캔들 한 번 없으셨다. 중절모 쓰고 단장 짚고, 카메라 메고, 친구들과 어울리며 밖에서 허전함을 달래셨다.

한데 너무 잘 맞아떨어지는 이 상황은? 조심스럽게 물었다.

"그런데, 언제부터죠?"

"한 십 년 넘었지."

역시 그렇구나, 이렇게 질긴 성격으로 아버지를 붙잡았을 거야. 남자들이 원래 약하니까. 우리가 굶고 있을 때 그 쪽 식구들을 챙기다니.

"애들은 몇이죠?"

"오 남매지, 상준이 밑으로 남매."

호적부터 상속문제, 머리가 번잡스러워진다.

"상준이요?"

"복막염으로 다 죽게 된 걸 수술해주신 거 영숙이도 알잖아?"

"영숙이는 누구?"

"어머나 이를 어째…"

전화기 놓는 소리가 다급했다. 미안하단 말도 미처 못 하고.

세상에 이런 일도 있나? 밤마다 아버지를 찾아 헤매던 내 더듬이, 시장바닥에서 종일 동동거리다 허둥지둥 숫자를 돌렸을 여인의 손길과 닿다니.

혹시 땅속에 계신 아버지의 혼이 기를 보내셨나? 시간 낭비하지 말고, 포기해야할 건 빨리 놓으라는 당부겠지. 이런 보이스피싱이라면 얼마든지 낚여도 좋으리라. 그 후로 꿈에 아버지를 뵐 수 없었다.

뱃속에서부터 안면 튼 사람 없으니 여인은 조객이요, 잘못 걸린 전화는 부조였다. 그런데 그 주책 망나니 여인의 그리 절실한 사람은 누구였을까?

2010년 4월

미스 유의 운수 좋은 날

약속시간에 댈 일이 급했다. 바삐 걸었다.

"이 누고, 이 가스나, 니 맹추 아이가?"

진한 경상도 사투리와 함께 몸을 휙 돌려세우는 손이 있었다. 머리가 하얀 사람을 가시나라고 부르는 사람이 있었다. 그렇게 동창 미스 유(柳)를 다시 만났다.

운수(運數)라는 것이 정말 존재하나? 어떤 사람에게는 좋은 일만, 어떤 사람에게는 나쁜 일만 일어나는 것은 순전히 운수 탓일까, 자신이 짓는 행위 탓일까?

"생각지도 않은 행운으로 즐거운 비명이 나올 것이다"

라는 일간지의 운수를 읽은 날 아끼던 접시가 깨지는 비명을 들었고,

"남의 의견에 찬동하면 떡이 생긴다"

는 날 찬성표를 던졌는데, 지갑을 잃었다, 운수란 엉터리다. 그러나
　"구설수가 있으니 조심하라"
는 말은 척척 맞아떨어지니 아주 엉터리도 아니다. 사람들은 그래 운수에 관심과 돈을 낭비하나보다. 정초에 보는 토정비결부터 일간지의 운수란을 꼼꼼히 챙긴다. 중요한 결정을 해야 할 때는 무당을 찾기도 한다. 현진건의 <운수 좋은 날>은 감명 깊게 읽은 소설이다. 인력거꾼 김 첨지의 모처럼 운수 좋은날은 지독하게 운수 나빴던 날의 유머였다.

　고등학교를 갓 졸업하고 아버지 사무실에 출근했다. 아버지를 중심으로 박 사장, 정 사장이 ㄷ자형으로 책상을 놓은 공동 사무실이었다. 박 사장, 정 사장을 찾아오는 손님들은 장기를 두고, 한쪽에서는 다방 커피 배달 온 레지와 야한 농담을 섞었다. 시장 바닥 같은 술렁거림, 담배연기에서 아버지의 사무원은 도망하고 싶었다. 허나 일곱 식구의 눈총이 매일 출근하게 했다.

　어떻게 알았는지 동기동창 미스 유가 나를 찾아왔다. 상업학교를 나오지 않았으니 그녀도 취직이 안 되었고 눈뜨면 식구를 피해 갈 곳이 없었다. 다음날도 일찍 나와 돌아가며 공손히 인사했다. 내가 질색해도 넉살좋게 사무실 청소도 하고, 박 사장, 정 사장의 은행과 거래처 심부름까지 했다. 야무지게 일을 처리하니 필요한 때만 일 시킬 수 있는 그녀를, 제일만하는 나보다 더 좋아했다. 제대로 된 월급봉투가 없어도, 출근부에 이름이 없어도 그녀는 공

인된 사원이었다.

석 달을 빠지지 않고 출근하던 그녀가 결근했다. 그리고 사흘 만에 그것도 퇴근 무렵이 되어 나타났다.

"무단결근 사흘이면 잘리는 거야. 미스 유는 시말서만 받아둘 게."

박 사장도, 정 사장도 농담으로 반겼다. 미스 유는 얼굴이 누렇게 떠 경찰서에 함께 가자고 했다. 요업과 석사과정을 밟고 있는 사촌오빠의 심부름으로 관요사기를 굽던 강진에 다녀왔단다. 근처 몇 곳의 흙을 파 1킬로그램 짜리 흙 여덟 봉지를 쌀자루에 넣어 가지고 서울역에 내렸다. 하이힐— 면접을 대비해서 하나뿐인 신발을 하이힐로 샀다.—을 신은 채, 흙을 이고 역사를 빠져나오니 건물담벼락에 사람들이 둘러서 있었다. 구인광고인가 싶어 사람을 비집고 맨 앞에 들어가 긴 대통령 담화문을 반 쯤 읽고 나오니 흙자루가 없었다. 흙을 누가 탐내랴하고 전봇대에 기대놓았는데… 남자 일이라 안 된다는 것을 사정해서 얻었으니 사촌오빠 볼 면목이 없다고 호소했다. 듣고 계시던 아버지가

"벌써 쏟아버렸지. 필경 저녁거리 없는 어정잡이 애비가 가져갔 겠지. 풀어보고 네게 욕했을 게다. '배고픈 자식들 좋다말았네. 아니 어떤 미친놈이 흙을 쌀자루에 담아 가지고 다니나. 쌀이나 잡곡으루 속았잖아, 망할 놈 그나저나 너는 물건 잃고 욕까지 먹었구나'"

라며 주머니를 털어 주셨다. 다시 흙을 퍼오되 쌀자루에 담지 말고, 구인광고도 네 차례오지 않으니 읽지 말라고. 며칠 뒤에 와서 잘 해결되었다고 설렁탕 두 그릇 사고 연락이 끊겼다. 집안의 희망인 남동생을 위해 나이 많고 돈 많은 남자의 후취로 시집갔다는 소문이었다. 우리 전쟁 후세대는 남편 덕에 호강하는 여자보다, 미스 유처럼 운수 좋은(?) 여자가 더 많았다.

커피 잔 놓고 양희와 마주 앉았다. 서로의 얼굴에 있는 주름살을 눈으로 쓰다듬으며 이십 대의 운수와, 말년의 운수를 이야기했다. 자식을 앞가림하게 키웠고, 손자 재롱 보며 사는 것도 나쁘지 않은 운수다. 그녀와 나는 의견이 매번 엇갈렸으나 우리의 후반 운수에는 의견이 일치했다.

운수도 남해안 파도 같이 주기를 타고 몰려온다. 나쁜 운수는 좋은 운수를, 좋은 운수는 나쁜 운수 꼬리를 잡고 따라온다. 뒤로 넘어져 코가 깨지는 운수도, 여러 번 엎어지면 깨진 코에 금가락지 걸리는 수도 있다.

누구든 썩 좋지도 썩 나쁘지도 않은 운수를 타고났을 게다. 다만 나쁜 운수의 파도가 밀려올 때 본인이 밀면 좋은 운수, 당기면 나쁜 운수다. 나쁜 운수를 웃어버리고, 좋은 운수를 맞을 준비를 할 수 밖에. 그렇지, 유 여사?

2010년 8월

선생 딸과 학생 엄마와

딸이 중학생 때까지 절대적 신임과 존경을 받던 과외선생이 엄마였습니다. 선생은 모르는 걸 냉큼 가르쳐주지 않았죠. 힘들게 얻어야 오래 남는 지식이라는 걸 알려주려고 아는 단어도 나란히 엎드려 사전 찾고, 수학문제도 좁은 책상에서 둘이 끙끙거렸죠.

모범생 딸은 대학졸업과 동시에 교사발령을 받았고, 이순의 엄마는 대학생이 되었어요. 엄마 학생은 사십 년 글자를 외면하고 살았으니 자연히 딸의 대학후배가, 아니 학생이 되었죠. 우리 모녀의 비극(?)은 여기서부터 시작되었습니다.

공부 말고도 할 일 많다고 의자가 엉덩이를 차버리죠, 읽어야 할 책은 많은데 한 줄 읽으면 한 줄 그냥 까먹죠, 시간은 먹이를 본 물총새처럼 날아가죠. 노력하면 못할게 무어냐고, 아니 이대로 죽어도 좋다고 그냥 책상에서 비비적거렸더니 글자가 보이고, 이

해력이 건망증을 보충하더군요. 지식을, 마른땅이 단비 빨아들이 듯 씹지도 못하고 허겁지겁 삼켰죠.

학생엄마와 선생 딸은 신세대의 사고와 바람직한 삶에 대해 토론도 했어요. 아브라함 매슬로우의 자아실현 단계는 단골 메뉴입니다. 대개의 사람들이 3~4 단계에 머물더라도 우리는 7단계까지 가자고 의기투합했죠. 어느 날부터 엄마는 학생, 딸은 선생으로 위치가 고정되었어요. 이게 아닌데.

OMR 객관식 답안지가 낯설었습니다. 연필로 썼다 틀리면 지우고 다시 쓰는 방법만 알았었죠. 수정이 안 되는 컴퓨터 답안지는 서툴렀습니다. 정답은 3번이라 아는데 떨리는 손이 2번에 표기하는 반풍수 짓거리를 했죠. 과목마다 서너 개씩이나요

그것보다 더 큰 문제가 리포트였습니다. 딸은 속이 터져 엄마에게 컴퓨터를 못 가르치겠답니다. 별식을 진상해도 별 효과가 없어요. 급한 워드만 쳐달라는데 여전히 바쁘답니다.

"언제 시간 나는데?"

"몰라. 계속 바쁠 예정이야, 엄마 리포트 치기 싫어서."

제출 마감 날 하루 전에 드디어 무릎을 꿇고 손들었죠. 이건 원래 딸의 방식이었답니다. 엄마가 정한 귀가 시각 10시에서 5분만 늦으면 현관에서 손을 들어요. 모녀가 마주보며 웃어 제키던 이 게임을 이번에는 학생 엄마가 비장하게 맘먹고 제의한 거죠. 엄마의 권위도 체면도 다 집어던지고.

"그래 쳐줄게, 아이구, 우리 늙다리 학생이 급했구나."

딸은 딸, 엄마는 엄마죠? 이건 하늘이 두 쪽 나도 바뀔 수 없는데, 선생은 엄마를 제가 담임한 학생으로 압니다. 그래도 그렇지고 발칙한 것이 체벌까지 합니다. 학교의 제자들에게는 못하면서.

"팔 더 번쩍 올리지 못해."

플라스틱 자로 학생 팔을 '찰싹찰싹' 때립니다. 글씨가 괴발개발이다, 수정을 너무 많이 해 원고가 지저분하다, 한자를 많이 쓴다, 아주 생트집을 잡아요, 생트집을. 그렇게 학생을 벌 세워놓고 평소에 안 보던 텔레비전을 켰다 껐다 하지 않나, 주방에 가서 냉장고를 열고 검사하지 않나, 목도 마르지 않은 것 같은데 괜히 물한 컵을 마시지 않나… 모처럼 잡은 권력을 놓칠소냐 이거죠 뭐, 참.

벌쓰는 학생은 선생의 스트레스가 오죽하겠나, 새색시의 동네 시아비가 아홉이라고 교장, 교감, 부장 선생부터 아이들이 모두 시아비겠다, 더 좋은 대학에 가려는 걸 엄마가 우겨 교사를 만들었으니 벌도 싸다고 생각했죠. 이 나라 여자들이 직장생활과 살림과 육아를 병행할 수 있어요? 고심 끝에 고른 게 거기예요. 하니 이십 분 지나 팔이 떨어질 것 같아도 감수해야죠. 한데 선생의 횡포는 갈수록 태산입니다.

"학생, 저기 외할아버지 붓글씨 있잖아. 그 액자 옆에 CCTV 하나 달자. 십 년 뒤에 손자가 보면 할머니 벌쓰는 모습 보고 웃겠지?"

학생은 얄미운 선생의 머리를 쥐어박는 시늉만 합니다.

청소하러 선생 방에 들어갔다가 책상 위 편지를 봤어요. 남자친구인가 가슴이 두근거렸는데 자폐아 학부형이 쓴 편지였어요. 자기아들을 특별한 관심으로 지도해주어 감사하다는 내용이 군데군데 눈물로 번져있었어요. 특수학교 보내려했는데 우리 선생이 그랬다는군요.

"지체아들끼리 어울리면 편하겠지만, 발전이 없습니다. 정상인들과 살자면 정규교육을 받으며 정상아들과 어울려야 해요. 손가락질 받아도 견뎌내도록 부모님과 제가 힘을 합쳐 도와야 아이의 삶의 질이 나아집니다."

이렇게 설득하며, 울타리가 돼 주었기에 일반 중학교에 들어갔다고요. 백 미터쯤 뒤에 선 놈에게 출발선을 구분해 사랑을 베푸는 병아리 선생이 교육자다운 교육자 아니겠어요? 그러나 딸이 어미처럼 제몫 못 찾아먹을까 염려되는 어미는

"네 승진에 더 신경을 써."

마음에 없는 말을 합니다. 학생은 선생덕분에 열다섯 편의 리포트와 졸업논문을 제출하고 졸업했습니다. 선생도 결혼했지요. 한데 선생은 아직도 제자가 못마땅한지 이틀에 한 번씩 전화로 잔소리를 합니다. 아직도 엄마의 선생입니다. 선생이 해병대입니까?

"점심 거르지 마, 화장하고 슈퍼에 가."

선생의 잔소리가 싫지는 않아요. 다 제자를 챙기는 스승의 지극한 사랑이려니 하지요. 그래도 학생은 툭하면 점심 거르고, 세수 안한 얼굴로 대파 사러나갔다 새파란 여자에게서 반말짓거리 듣고 옵니다. 우리 선생에게 고자질은 마세요.

선생 딸은 학생 엄마에게 일 년에 네 번 큰절을 합니다, 설과 부모의 생일, 그리고 제 생일에. 낳아주고 키워준 일이 고맙다나요. 무릎 꿇고 싶은 사람은 어미인데. 예쁜 머리핀을 꽂아주지도 못했고, 하고 싶은 일 하도록 여건 마련해주지 못한 한이 있는 학생은 선생에게 365일 가슴으로만 절을 합니다.

때때로 선생 딸이 보고 싶으면 어깨를 한 번 으쓱합니다, 아무나 이런 선생을 두느냐고. 우리 모녀는 열 달 한 몸을 사용한 천륜으로 맺어진 사이, 대학 선후배 사이, 스승과 제자, 함께 역경을 이겨내며 걷는 인생길의 도반입니다.

잠깐! 전화 왔어요. 또 선생의 잔소리겠죠. 요담에 다시 얘기해줄게요.

2006년 6월

싸개長님 화장실은 스물여덟 평

2007년 2월 10일 오후 4시 46분에 외손녀 多晛이가 태어났다. 꼭 인형만 한 아기다. 발은 앙증맞은 이등변삼각형이다. 발바닥을 간지럼 태우면 완두콩알같이 쪼르르 열린 다섯 개의 발가락을 쫘악 펼쳤다. 찻숟갈도 들어가지 못할 작은 입으로 아까시아나무 꽃향내를 퐁퐁 내뿜는다. 건드리면 금세 멍이 들것 같이 투명한 야들야들한 볼을 살짝 꼬집거나 꼭 깨물어보고 싶다.

방정환은 <어린이 찬미>에서 '어린이의 자는 모습은 천사 같고 세상의 고요란 고요는 다 모아놓은 것 같다'고 했는데 요즘 아기는 안 그렇다. 자면서도 부산스럽다. 하품도 하고, 딸꾹질도 하고, 배냇저고리 소매를 탈춤 추듯 허공에 휘두른다.

태어나 일 년 동안 지능이 가장 발달한다더니 하루가 다르게 영리해졌다. 일주일이 지나면서는 할머니 목소리가 들리면 울음도

뚝 그쳤다. 한 달이 되니 말소리에 빼놓지 않고 꼭꼭 대답했다. 어미가

"너 때문에 어젯밤 한잠도 못 잤어."

"애."

아비가 참견했다.

"아니지?"

"애."

"다현이는 착한 어린이니까 거짓말 안 하지, 엄마가 거짓말이지?"

"애~."

모두 '와아' 웃어버렸다.

손녀는 그냥 예쁘다. 내가 서른여섯에 딸을 낳았을 때는 사랑을 감추는 것이 무척 힘들었는데 손녀는 그러지 않아도 좋다. 목욕시키려고 벗겨놓으니 위험을 감지한 본능이 옷자락을 꽉 움켜쥐었다. 얼굴이 토마토처럼 새빨개지며 악을 썼다. 조그만 알몸이 피워내는 생명의 열기에 내 심장까지 매번 붉게 물들었다.

녀석이 칭얼대면 육십 대 할머니는 어렸을 때도 해보지 못한 재롱을 떨었다.

"똑딱, 똑딱, 뻐꾹, 뻐꾹."

혀를 튕기며 시계소리도 내고, 새소리도 내보았다.

"뒷다리가 쑤욱, 앞다리가 쏘옥…, 곰 세 마리 한 집에 살았는

데…."

아는 동요를 총동원한다. 다현이는 가소롭다는 표정으로 관람한다. 멀거니 할미 얼굴을 올려보다 '앳취' 재채기를 쏟았다. 면봉으로 빼내려도 나오지 않던 콧속의 딱지가 날아와 할머니 혀에 척 붙었다.

잠투정이 심하다. 안고 서성대며 자장가를 부르란다. 주저앉고 싶을 때까지 바장여야 할머니 어깨에 두 팔을 척 걸치고 겨드랑에 코를 묻고 풋잠이 든다. 앞발을 포개어 얼굴을 놓고 잠드는 강아지처럼. 침대에 누이고 살그머니 팔을 빼내면 솜털을 뽀시시 일으키며 깨어난다. 너댓 번이나 실패한 끝에 겨우 곰 인형을 코앞에 놓고 늦은 끼니를 해결하려면 3분 후에는 어김없이 또 호출이다.

다현이 같은 무법자는 다시없다, 헌법도 훈령도 몽땅 무효다. 지금 아니면 언제 이런 무법의 세계에 살아보겠냐는 투다. 자고 싶으면 자고, 먹고 싶으면 먹고, 울고 싶으면 울고, 싸고 싶으면 싼다. <황야의 무법자>를 가슴 졸이며 보았는데 이 무법자는 조금 부럽다.

잠에서 깨어나면서 오줌을 싼다. 기저귀를 갈아주고 젖을 물리면 새 기저귀에 금세 또 실례한다. 연거푸 여섯 개나 버려놓을 때도 있으니 싸개長장이라 부른다. 싸개長이 울면 도우미 아줌마가 기저귀를 갈고, 할미는 물티슈로 꼼꼼히 닦아주고, 아비는 헤어드라이어로 습기를 말린다. 어미는 몇 시에 얼마큼 쌌는지, 색은 어떤지 기록한다.

싸개長은 화장실이 무지 넓다. 제 침대, 어미 더블침대, 거실과 서재까지 스물여덟 평 아파트 전체가 싸개長님 전용 화장실이다. 식구들은 싸개長님 화장실 안에서 소리 죽여 말하고, 화장실 안에서 음식 만들고, 화장실 안에서 밥 먹고, 잠도 화장실 안에서 잔다. 화장실, 그걸 빌려 쓰는 게 어디냐고.

싸개長님은 마당쇠들이 수군대는 걸 싫어한다. 안고 전화라도 받으면 팔을 확 밀쳐버린다.

"이건 직무유기야, 스물네 시간 내게 집중하랬지?"

3.5 킬로그램 우리 싸개長님, 50킬로그램 할미에게 당당하다. 할미는 잘못한 것도 없으면서 심기가 불편하다.

할머니가 어렸을 때 농촌은, 잿간에 거적 한 잎을 가려놓은 것이 뒷간이었다. 큰 독을 묻고 나무판자 두 개를 걸쳐놓아 아이들이 곧잘 빠졌다. 할머니는 부자 아버지 덕분에 마루를 깐 깨끗한 안팎의 변소를 둘 다 쓸 수 있었다. 그러나 그 변소도 지금 싸개長의 스물여덟 평 화장실에 비하면 아무것도 아니다.

화장실 평수는 가슴의 평수와 반비례하기 쉽다, 해서 싸개장님 호사가 마냥 즐거울 수만은 없다. 중요한 것은 가슴의 평수다. 다른 이를 위한 이해의 평수도 넓어야한다. 내가 좋은 화장실을 사용하는 일이 이웃에 대한 빚이 될까 염려해야한다.

고속도로 위를 서너 시간 달리다보면 스푼과 포크의 휴게소 표시보다, 작은 화장실 표시의 남녀 머리 그림부터 찾게 된다. 그것이 제일 반갑다. 할머니는, 우리 싸개長님이 누구나 그리 반기는 사람이라면 좋겠다. 도담도담 자라, 자신의 발전을 위해 열정을 쏟는 한편, 다른 이를 위한 해우(解憂) 평수가 백 평이 되기를.

≪에세이스트≫ 2007년 13호

제4부

지금은 연습중입니다

4차원 세계를 다녀오다

작년 여름은 8월까지 장마가 이어졌다. 8월 11일까지 사흘 내리 비가 왔고, 12일에는 밤새워 내리던 빗줄기가 뜨악해졌다. 외출하기 싫을 만큼만 질금거렸다. 대낮에 전깃불을 켜고 철지난 잡지를 뒤적이고 있었다.

오후 7시 20분 갑자기 베란다 넓은 창을 통해 서치라이트처럼 환한 빛이 확 밀려들어왔다. 내다보니 서쪽 하늘에 해가 걸렸다. 비에 가려있던 해가 일몰 무렵에 참았던 하루치의 정염을 쏟아놓았다. 앞의 민둥산과 건물 꼭지들이 하얗게 빛났다. 한데 허공에 선을 그어놓고 아래쪽은 검은 밤이다. 빛이 통과하지 못하는 거대한 철판을 허공에 걸쳐놓은 것처럼 위쪽은 대낮, 아래쪽은 한밤중이다.

어둠은 항상 옅은 회색에서 짙은 회색을 거쳐 검은색으로 서서히 진행되었었다, 중간색 없이 가장 흰색과 가장 검은 색의 공존은 없다. 낮과 밤의 접촉 없이 따로 한 공간에 존재하는 기이한 현상이 언제 있었던가, 이런 현상을 기상학자들은 뭐라고 하지? 우리 아파트는 어떤가보니 17층을 경계로 위쪽은 오후 3시의 햇살을 받고, 아래층은 오전 3시의 어둠이다.

한 마리의 새가 아파트 뒤쪽 산으로 날아오다가 허공을 맴돌고 있었다. 저녁인 줄 알고 둥지로 돌아오다 헷갈리는지 한 자리에서 둥글게 돌았다. 새의 날갯짓을 따라 내 혼도 끄덕거렸다. 개체의 변별성이 무시되는 어지럼증에서 헤어나고 싶었다. 감성이 엉뚱한 방향으로 덩굴손을 뻗었다. 몸이 착 까부라지면서 어리보기 정신이 자유로워졌다.

관습이 몸을 옭아맬수록 정신은 자유를 갈망했다. 발목을 잡는 일상의 손을 쳐내고 날아오를 틈을 늘 엿보고 있었겠다. 허공을 헤매던 혼이 때맞추어 날아올라 어마지두에 새의 몸속으로 잠입했다. 새가 도는 대로 따라 돌며 무아경에 빠져들었다. 내 몸은 모처럼 자유를 만끽해 본다. 산과 들 위로 올라섰다.

날고 또 날았다. 나뭇가지 위를 기어가는 배추흰나비 애벌레에게 나나니벌이 알을 낳는 것을 보았다. 먹지 않고 입지 않아도 되는 신선 같은 상태의 이 현란하고 충일한 자유로움. 에리히 프롬이 말한 '~으로부터의 자유'가 아니다. 태어나기 전부터 원래 내 것이었던 것을 찾은 황홀이었다.

긴 강을 타고 날아 풍천에 닿았다. 강은 도도하게 바다로 빨려 들어갔다. 물은 맑고 바다 초입의 산호와 해초가 황홀했다. 조심스레 발을 내밀어 바닷물을 찍어 간보는 조개가 보였다. 해초 사이를 헤엄치는 어류들의 등뼈가 투명하다. 물에 빠진 달은 하늘에 걸렸을 때보다 아홉 배나 컸다. 퉁퉁 불어터진 채 담수와 바닷물 사이에 타원형으로 질펀하게 누워있다. 둥글지 않은 달은 달이 아니다. 손을 내밀었다. '달떡처럼 둥글게 빚어야지' 손에 잡힐 듯 잡힐듯한데 미끈거리며 빠져나갔다. 몇 번이나 닿았다 놓치고 닿았다 또 놓쳤다. 겨우 손에 잡았는데 몸이 거꾸로 추락하면서 파도에 부딪혔다.

철퍼덕! 놀란 혼이 재빨리 내 머리 속으로 되돌아왔다. 7시 40분이다. 백야를 상상하게 하던 신비한 빛이 사라졌다, 흰빛과 오렌지와 보랏빛 배광(背光)도 없다. 건물도 사물도 사람도 사람의 사유도 검게 되었다. 조금 전, 나는 환상을 보았나?

비슷한 경험이 또 있다. 2008년 4월 중순, 워더링에서다. 마을은 이삼백 년 된 이삼 층짜리 똑같은 집이다. 검은 색의 편석 지붕과 흰 벽, 같은 모양의 들창, 통일된 커튼이 단결의 조화미였다. 여행 내내 계속된 미열 탓이었을 것이다. 올망졸망한 포근함에 잠긴 혼도 일렁이고 있었다. 브론테 자매가 살았던 성공회 목사관은 비를 머금은 눅눅한 공기가 끈적거렸다. 에밀리가 결혼을 했더라면 그리 열정적인 ≪폭풍의 언덕≫을 쓸 수 없었을 것이다.

높지도 않은 폭풍의 언덕에 언덕 위로 몰려다니기 좋아하는 바닷바람이 세찼다. 이리저리 떼거리로 몰려다니며 옷자락과 가방을 마구 잡아당기고 머리칼을 흩어놓았다. 목초도 자라지 못하는 척박한 바위골짜기에 생명력 강한 히스가 바람을 비웃듯 붉은 줄기를 악착같이 바위에 꽂고 있다. 히스 줄기마다 캐더린을 부르는 히스클리프의 광적 사랑이 색인되었다.

두 사람의 혼이 저녁마다 무덤에서 나와 돌아다녔으므로 해가 지면 사람들이 문밖에 나오지 못했단다. 히스와 바람만 사는 언덕에 18세기의 혼들이 아직도 끝나지 않은 사랑 놀음을 하고 있었다. 사선의 빗줄기 사이로 히스클리프와 캐더린의 유령이 보였다. 운명적 사랑을 갈망하던 내 혼도 슬쩍 끼어들어 함께 걸었다.

"내 사랑, 나에게로 와요."

입 밖으로 중얼거렸나 옆 사람이 힐끗 돌아보며 모난 눈을 지었다.

여행가방 안에서 충격을 받은 카메라도 필름도 망가졌다. 일주일의 흔적이 감쪽같이 사라졌다. 워즈워드의 생가에서 찍은 단체 사진에도 빠졌다. 여권에는 한국에서 출국, 런던 공항의 입국이 기재되었다. 영국에 존재했던 다른 기록도, 사진도 없다. 내 몸이 지구에 존재했던 흔적이 없다.

2009년 8월 12일에는 혼이 몸을 떠났다. 2008년 4월 일주일 몸이 없었다. 죽었다가 살아난 사람의 이야기를 듣기는 했어도 혼과 몸이 자유롭게 3차원과 4차원의 세계를 드나든다는 얘기는 못

들었다. 나는 이승과 저승을 이어준다는 영매들이 가는 영(靈)의 세계에 갔었나? 헷갈렸다.

3차원으로 다시 돌아온 나는 혼란에 빠졌다. 뇌를 헤집어 연구하는 21세기에 4차원의 세계는 무효다. 3차원의 증거만 유효하다, 법정에서도 그렇다. 아직은 아니지만, 가령 애매한 사건에 말려들지도 모른다.

"2008년 4월 12일에서 18일까지 일주일 동안의 당신 몸, 2009년 8월 12일 오후 7시 20분에서 40분까지 20분 동안 당신 혼의 알리바이를 대라"

라고 검사나 판사가 다그친다면? 이런 일에 누가 증언을 해줄까? 내 몸과 혼은 일주일이나 이십 분을 진력나는 일상보다 즐거워했는데.

3차원으로 빨리 돌아온 증상은 정신과 치료를 받지 않아도 된단다. 2008년 4월 15일 워더링의 사건, 2009년 8월 12일의 환상은 지루한 일상에 활력을 준 경험이었다, 지긋스러운 내 영혼을 살찌워 주었다. 다음에는 어느 때, 어느 곳으로 4차원의 세계를 여행할 수 있을지…

2010년 7월

갱년기는 어찌 통과했는지

백일과 돌잔치로 시작해 입학과 졸업, 취직과 결혼이 통과의례다. 이별, 병고나 사고도 그렇다. 보이지 않는 곳에서 우리네 삶을 진두지휘하는 현장감독이 분명히 있다. 조물주나 유령이 장치한 장애물경기 넘기를 하고 있다. 하나를 통과하면 또 번호표를 받는다. 전생부터 이생, 내생까지 늘어선 통과의례는 대체 몇이나 될까?

오십대 초에 갱년기 장애를 맞았다. 증상이 유별났다. 얼굴 달아오름과 소양증에 신경통도 시작되었다. 청각과 후각, 시력이 검사하지 않아도 감지될 만큼 나날이 떨어졌다. 돌돌했던 기억력에 건망증, 치매인가 싶게 의식은 시각을 다투며 둔해졌다. 육신이 붉은 머리띠를 두르고 플래카드를 들고 주먹총질하며 절규했다. 노사분규 현장의 노동자처럼 오십 년 무임금으로 써버린 대가를 요구했다.

오른쪽 정강이에 은행 알만한 '섬유근육종양이 있었다. 옆을 지나는 신경이 종양을 건드리면 비명이 터졌다. 통증이 등장하면 대로에서도 절뚝거렸고, 자다가 깨어 다리를 안고 빙빙 돌았다. 십여 분 진땀을 흘려야 통증이 잠잠했다.

이상하게도 통증이 올 때가 되었는데 없으면 불안했다. 산 같은 외로움이 덮칠 때는 차라리 일부러 종양을 꾹 눌렀다. 솟은 정상을 누르면 형광등이 켜지듯 통증이 왔다. 그 서슬 푸른 통증을 즐겼다. 돌아오는 겨울에, 내년 가을로 자꾸 수술을 미루었다.

다섯 살 무렵부터 통증과 친밀했다. 반고리관에 림프액이 덜 찼는지 잘 넘어졌고, 무릎에 늘 딱지가 있었다. 내 몸에 붙은 이물질을 못견뎌했다. 새끼손톱 끝으로 딱지를 달싹이면 가장자리가 들떴다. 가장자리를 다 뜯고 일원짜리 동전만큼 남은 딱지를 이 새려 물고 확 잡아챘다. 바늘로 찌르는 통증과 함께 흘러내리는 피와 고름을 콧물인양 닦아냈다. 통증 후의 신선한 후련함을 어린 나이부터 즐겼다

갱년기 통증은 아날로그 생활이 밴 몸과 디지털 의식을 쫓는 정신의 갈등이지 싶었다. 이십 년 전이나 삼십 년 전의 습관을 뺑뺑이 돌리듯 살아야하는 현실에 꿰맞추는 통과의례였다. 혼자 열심히 만든 여름방학 숙제, 사방을 둘러보아도

"네 것도 괜찮다"

고 말해주는 사람이 없었던 상처를 되씹는 비애였다.

병원 순례를 다녔다. 하루에 가정의학과, 안과, 이비인후과, 등서너 군데를. 위염을 달고 사니 헬리코박터파이로니를 멸종시켜야했고, 간장약과 항우울제, 약마다 첨가한 소화제, 거기에 나아질까싶어 건강보조제까지 마구 털어 넣었다. 밥보다 많은 양의 약을 삼키는 모습이 거울에 비쳤다. 크게 뚫린 눈구멍과 턱뼈가 흉물스러웠다.

흉하다. 저승사자가 내 탯줄에 보이지 않는 밧줄을 동여매고 눈치 못 채게 제 쪽으로 잡아당기는 걸 진즉 알아챘어야 했다. 저음흉한 미소에 매일 조금씩 끌려가지 생각하면 소름이 쫙 돋았다. 처음부터 마지막 순간까지 내 의지로 인간답게 존엄한 모습을 꾸미고 싶었는데, 내 몫이니까.

"마지막에 손 잡아줄 사람 없어?"

내가 물었다.

"아무도…"

거울 속의 킬링필드의 것 같은 해골이 단호하게 답했다.

호스피스 교육을 받고 봉사를 시작했다. 죽음을 앞둔 중환자의 가족들은 이상하게도 장례절차나 유산에 관심을 쏟았다. 가족이 무심한 환자의 죽음여정에 동참하며 난해한 그 길을 익혀두자. 이런 정도의 계산이었다.

말기 위암환자 윤주엄마는 뼈만 그린 인체해부도 같았다. 손톱

발톱까지 마취의 후유증으로 나이테를 닮은 물결이 굼실댔다. 제 장기의 항암제는 일정기간이 지나면 내성이 생긴다. 십 퍼센트도 안 된다는 효과에 희망을 걸고 다른 장기에 쓰는 항암제를 써서 손금이 쩍쩍 갈라지며 허물을 벗었다. 피가 배어나는 손을 잡으니 와들와들 떨었다. 지독한 외로움의 표출이다.

수능시험 보름 앞이었다.

"어제 밤부터 통증이 없어요, 윤주 수능이나…"

"내게 남은 시간 중에 보름만 떼어줄게요"

그에 비하면 주책없이 건강(?)한 것이 미안해서 냉큼 대답했는데 농담으로 들릴까봐 목이 걸러내었다.

지독한 무지였다. 통증은 정상상태를 벗어났음을 통보하는 경고다. 통증 없음을 두려워해야 했다. 초기에 통증이 있었다면 윤주엄마의 암도 깨끗이 치료할 수 있었을 것이다. 그녀의 통증에 일그러진 모습을 상기하며 신경안정제와 진통제를 끊고, 우거짓국 한 수저를 애국가 부르는 심정으로 넘길 수 있었다.

갱년기 통과의례를 통과했다. 마지막 통과의례도 잘 통과해야 한다. 불안은 생략하고 싶다, 혹시라도 돌출될지 모르는 이생의 미련은 누구에게도 들키고 싶지 않다. 문 꼭꼭 닫고 혼자 저승사자를 맞고 싶다. 몸을 태울 때 영혼도 안면 있는 몇 사람과 형제와 자식 기억에서도 휘발하고 싶다. 지구에 존재했던 내 흔적은, 흔적 없었으면 싶다.

만 년 후에라도 공개되기 싫다. 인류의 조상이라는 루시처럼 만 사람에게 회자되는 건 취향에 맞지 않는다. 원이 엄마의 연서처럼 침실에서 나눌 밀어를 오백 년 뒤 사람들이 어쩌고저쩌고 하는 일도 못 견딜 노릇이다. 발효되지 못한 날 것의 꿈을 담았던 육신과 그런 육신을 바람만바람만 따르던 혼을 그리 지우고 싶다.

내생에는 인간으로 다시 태어나지 않겠다. 들짐승도, 가축도 싫다. 꽃과 나무를 좋아하지만 땅 속 미생물의 도움을 받고 양분을 빨아들이는 꽃이나, 하늘을 향해 자라는 나무도 싫다. 다시 태어나고 싶지 않지만 꼭 그리하라면 무생물이고 싶다. 다리 아픈 사람이 앉거나 사진 찍을 수 있는 계곡의 바위가 되고 싶다. 그 발밑으로 등이 조금 보이는 것은 참겠다.

실은 마지막 통과의례가 두렵다. 생에 맞갖은 예의를 차리지 못한 죄, 의지대로 살지 못한 애애(哀哀)의 무게가 천근이다. 그럼에도 불구하고 마지막 한 방울의 체액까지 다 짜내고 싶다. 마지막 통과의례를 곱게 장식하고, 바위로 다시 태어나기 위하여.

통증이 성장의 전조증인가보다. 육신의 키나 정신의 키가 2밀리미터쯤 자랐다고 느낄 때마다 천하대장군이나 지하여장군 같이 통증이 버티고 서 있었다. 두 여인의 통증이 내 갱년기 성장에 동원되었다.

2006년 3월

꿈이었을까

사람들을 둘러보며 가이드가 말했다. '중국을 방문한 누구라도 여기서 사진 한 장 찍는다'고. 배에서 내려 다리에 오르며 보니 과연 절경이었다. 외나무다리는 강 가운데까지 뻗어있었다. 누군 가 나를 맨 앞으로 세웠다.

강물은 정지한 것 같다. 맑은 거울 같다. 물결은 윤슬조차 없는 매끄러운 명주고름이다. 허리춤까지 올라올 깊이에 밑바닥 작은 모래알갱이가 배면까지 고스란히 보였다. 만지면 손가락 끝이 간지러울 것 같다. 종아리를 담그고 싶다는 생각이 들었다.

"죽산까지 이렇게 곱고 느리게 흐릅니다. 그러다 4킬로미터 뒤 낭떠러지를 만나 폭포가 되지요."

'죽산? 우리나라 죽전과 직산이 중국의 지명에서 한 자씩 따왔나?' 라는 상황과 어울리지 않는 생각을 하며 둘러보았다. 사진기를 치켜들고 물에 선 사람은 없었다.

주머니의 핸드폰이 울렸다. 평소에는 잘 못 듣는데 한 번 울리다 중간에서 멈춰버리는 소리를 잡았다. 핸드폰을 열어 귀에 대는데 건너편의 용소(龍沼)가 보였다, 용소를 둘러싼 심상치 않은 기운. 머리에 꽂히는 강한 빛 한 줄기. 저 용소, 십리 뒤의 폭포.

"어머나 그래? 물론 가야지, 서둘러 갈게."

발신음만으로 끊어진 전화기에 소리치고 돌아보니 뒤에 일렬로 늘어선 사람이 삼십 명 쯤 되었다. 그 사람들을 설득해 차례로 돌려세울 시간이 없다. 조급했다. 물로 내려섰다. 허겁지겁 강기슭으로 뛰었다. 진즉에 돌아가셨는데

"한국에 계신 어머니가 쓰러지셨대요."

소리치면서 엎어지며 달렸다. 배에 올라 가쁜 숨을 몰아쉬며 긴 복도를 돌았다. 천둥치는 소리가 터졌다. 힐끗 돌아보니 용소에서 집채 같은 파도가 벌떡 일어서서 외나무다리를 덮치고, 다리위에 있던 사람들은 물에 휩쓸려 내려가고 있었다. 사진찍기 차례를 기다리던 사람들은 발을 구르며 통곡했다. 순식간의 일이다.

경중거리는 내 꼴을 흘겨보는 눈이 있었다.

"저기 저 여자가 원래 내 목표였는데 누가 살렸어? 신이 살렸다면 할 수 없지. 왕소금을 잔뜩 뿌려라. 살아났다만 넌 평생 소금비에서 헤어나지 못해."

머리와 등으로 왕소금이 마구 쏟아졌다. 우박만한 소금이다, 쇠

구슬이 맨살을 후려치는 쓰라림에 잠이 깼다.

꿈은 내 정체성을 가리키는 손가락질이다. 통계에 의하면 칠십 년 동안 십이만 칠천 번쯤 꿈을 꾼다고 한다. 그 많은 꿈이 눈뜨는 순간 굴뚝을 타고 오르는 연기처럼 휘발했다. 기억하는 몇 가지 꿈들도 색이 바랬다. 한데 이 꿈은 너무 생생하다, 도무지 흐려질 것 같지도 않다.

내 사망순간을 쓴 생생한 희곡이다. 극본을 읽지도 못한 주역이 무대에 올랐다. 그리고 절체절명(絕體絕命)의 순간 뛰쳐나왔다. 운명에 다소곳하던 내가 꿈속이라고 그런 행동을 할 주변머리는 없다. 신기(神氣)를 담은 장풍의 꽂힘이다.

'이건 잘못 된 연출이다, 빨리 무대 밖으로 탈출하자.'

우리는 단순한 관광동료가 아니었다. 등에 각기 서른 명의 업을 엇바꾸어 졌던 도반이었다. 다른 사람도 서른 명을 남겨둔 채 살아남은 꿈을 똑같이 꾸었을 게다.

그 꿈 후에 새 버릇이 생겼다. 오랫동안 준비한 일, 좋은 결과를 확신했던 일이 어긋나면

"운이 없어서…"

라는 말이 목구멍까지 올라오다 멈춘다. 가시가 너무 선명하게 목울대를 찌르므로. 신의 사랑을 받지 못해도 이 신탁(信託)은 인정한다, 잡초를 자르라는 공수를 받을 수밖에 없다.

그것이 정말 꿈이었을까? 꿈이라면 진즉에 꾸어야 했다. 내 몫

의 업은 어릴 때부터 내 살덩어리에 자자(刺字)했다. 앞으로도 그럴 것이라는 생각이었다, 새삼스러울 것도 없다.

내 생명이 내 것이 아니란다. 얼굴도 모르는 서른 명이 서로서로 맞보증 선 결과다. 그것은 명경대(明鏡臺)였다. 안 봐도 좋을 장면을 보았다. 누구나 그럴 것이다.

내 것을 먹고 내 것을 누리고, 나만을 지키느라 전신의 온 힘을 짜내었다. 그러면 되는 줄 알았다. 같은 순간에 지구에 사는 우리 모두는 맞보증을 선 관계다. 명경대에서 본 서른 명이 말했다. 작은 이 생명을 지켜주려 신까지 팔을 걷었다. 모두에게 폐를 끼치며 살았다. 하루 세 끼니 먹고, 강냉이 튀밥까지 든 손이 송구스럽다.

2012년 4월

장조의 진혼굿에서

절과 교회에 다니는 사람은 진실한 신앙인으로 보인다. 어설픈 무당은 발붙일 곳조차 없게 만들었다. 구경 중에 가장 신나는 것이 불구경과 싸움구경이라지만, 불구경이나 싸움구경은 자주 볼 수 있어도 굿 구경은 가뭄에 콩 나기다.

굿은 종교가 아니다. 어마어마한 카리스마도, 거대한 조직도 없다. 굳이 종교로 분류한다면 천신, 지신, 산신, 동네어귀의 느티나무신, 터줏대감, 부엌의 조왕신 등 모든 사물에 깃든 신성을 섬기는 종교다. 우주의 원리를 물질자체의 본질에서 찾는 샤머니즘과 맥이 닿는다. 세상에 퍼져있는 모든 종교가 샤머니즘과 맥락이 닿았다면 좀 억지일까?

굿은 풍류요, 잔치다. 굿자리에는 점잖은 어른도, 엉덩이 들썩이는 아이도 진득하고, 지나던 길손도 기웃거린다. 누구나 대동굿에서 집안의 평안을 빌고, 남의 재수굿에 걸립하고 소원을 빌 수 있다. 복떡을 얻어먹는 재미도 쏠쏠하다. 비용도 추렴하고 일손도 거든다. 같이 웃고, 함께 먹고, 신나게 떠들며 화합을 다지니 이보다 좋은 놀이는 없다.

2007년 7월 12일 오후 6시. 화성 행궁 앞에서, 수원시에서 주관하는 사도세자의 진혼굿이 벌어졌다. 3일 밤새우며 열두 마당을 노는 큰굿은 아니다. 3시간에 끝나는 진혼제다. 산청울림에서 상산부군맞이, 초부정림, 제석굿, 성주굿, 타살군웅굿, 별상거리, 일월맞이, 진혼굿, 작두거리에서 끝나고 뒤풀이 마당굿이 있다. 혼 부르기와 작두거리가 가장 볼만하리라고 저녁대용으로 빵과 물을 사들고 맨 앞자리에 앉았다.

만신들이 섬기는 울긋불긋한 대감들이 정면에 자리를 잡았다. 명과 복을 주는 맞이들의 의상도 횟대에 걸렸다. 십 미터도 넘는 긴 상에 칠색 과일과 오색 떡이 떡 벌어지게, 한 쪽에 사도세자의 제사상도 차렸다.

칠금령을 든 무당이 산청울림 굿을 시작했다. 무대를 돌면서 주변을 깨끗이 정화시키고, 하늘과 땅에 굿이 시작됨을 알린다. 딸무당이나 새끼무당 몫이다. 정성이 부족하더라도 용서하시고, 흠향하고, 즐겁게 노시다 가시라는 청신(請神)이다. 사만이신화도 줄줄이 주술했다.

오신(娛神)과정은 기예다, 세습무의 것보다 강신무의 기예가 더

스릴 있다. 날선 칼을 입 속에 넣고 빙글빙글 돌렸다. 혀를 내밀어 긋고, 팔뚝을 긋고, 허벅지에 신기를 그렸다. 악공이 나팔과 징, 북과 장구로 자진모리 가락을 치면 접신한 만신은 무아경에서 팔짝팔짝 뛰었다. 키를 넘을 만큼 뛰어올랐다. 뛰고 나서 작은 삼지창에 갈비짝과 통돼지를 꽂았다. 구경꾼들이 절하며 만 원짜리를 치병, 치재, 건강, 생남, 입신양명, 무운을 빌며 걸립하고 또 절했다.

진혼굿의 주도는 중요무형문화재 82-나호 김금화 만신이었다. 천민 중에서도 가장 천한 팔천이다, 배고픈 시집살이를 겪다가 도망해서 외할머니에게서 신내림을 받은 만신이다. 이제는 신과 인간을 이어주는 대한민국 제일의 만신이다. 이 분의 굿을 많이 보고 싶었다.

월남한 무당들이 신분을 감추고 장사를 하거나 점쟁이로 변신해 돈을 벌어도, 새마을운동 직원과 부녀회원들이 번갈아 신당을 때려 부셔도 혼자 꿋꿋하게 황해도 전통무속을 지킨 분이다. 다른 것은 못하고 오직 굿만 잘하는 만신, 죽을 때까지 굿만 해야 하는 운명적인 만신이다.

숨겼던 재능은 전국민속경연대회에서 대상을 받으며 인정받았다. 1982년 조자용 교수의 초청으로 〈한미수교백주년기념공연〉을 하고나서야 대우를 받았다. 굿을 하자했을 때 영사관 직원들이 극구 만류했단다.

"국가 망신시킬 일 있습니까?"

그 말이 무색하게 넘치는 신기로 관중을 휘어잡았단다. 외국인은 작두 위에서 맨발로 춤추는 신기를 환호했단다. 뒤풀이마당에서 관객을 무대 위로 끌어올려 쾌자를 입히고 함께 춤추게 해 관람문화를 참여문화로 발전시켰다. 그날 공연된 여러 나라 민속 중에 가장 신명나는 판이라는 평을 얻었단다. 덕분에 우리 것에 대한 외국인의 인식이 달라졌다, 우리 것이지만 무식하다는 소리 안 들으려고 외면했던 우리의 무속인식도 달라졌다.

김금화 만신은 대구지하철 참사 진혼굿, 통일기원제, 월드컵 기념대굿, 서해안 풍어제와 독일 코리아 페스티발, 파리 가을축제, 중국국제 나희문화 축제, 로마 교황청에서도 공연한 국제만신이다.

정조는 효장세자(사도세자의 이복형)의 뒤를 이어 등극해서 첫 마디가

"짐은 사도세자의 계승이다"

라고 일갈했다. 양주 배봉산에 버려져있던 아버지를 용이 여의주를 희롱하는 화산의 명당에 모셨다. 13년 걸려 25만 평을 닦아 역대 왕릉처럼 꾸미고, 혼을 모신 용주사도 궁궐 양식으로 지어 놓고 일 년에 두 번씩 아버지를 찾아 호곡하다 혼절했었다.

산 송충이를 삼키고, 뒤주 속의 갑갑함을 덜고자 정면에 세워야 할 정자각을 비껴 세운 것도 남다른 효심이었다. 아버지의 혼을

위로하고 싶은 심정이야 간절했어도 국시에 어긋나는 진혼굿은 못했을 것이다. 252년 동안 구천을 맴돌았을 아버지의 혼을 그가 얼마나 한스러워했을까?

혼 부르기가 낭랑하게 흐르더니 드디어 사도세자의 혼이 김금화 만신의 몸에 들어왔다.

"괘씸한 놈들, 물, 물, 물 좀 다오, 이 괘씸한 놈들."

기어 다니며 바닥을 손톱으로 후벼 팠다. 눈이 돌아가고 입에 게거품을 물었다. 분노와 절망의 절정이다. 아버지가 아들을 뒤주에 가두어 죽인 일이 또 어느 세상에 있을까? 좁은 공간에 갇혔던 혼이 세상 구속을 다 벗고 훨훨 날 모양이다. 하늘로 날아오르는 혼의 영면을 빌었다.

드럼통 위에 물동이가 놓이자 분위기가 한껏 달구어졌다. 악공은 숨넘어가게 자지러진 템포로 신기를 부추겼다. 76세의 만신은 사다리를 타고 올랐다. 맨발로 작두에 올라 동서남북 사방에 대고 공수했다. 나도 뛰어나가 흩어진 쌀 몇 알을 주워왔다.

송신(送神) 후에 쪽을 찐 만신이 나왔다. 다소곳한 조선 여인차림이다.

"대한민국이 평화롭고, 정치인과 학자, 예술가들의 일 잘 풀리시고, 수원시가 날로 발전하고, 그리고 여기 모인 분들의 안녕과 건강을 빌겠습니다. 종교가 다르면 어떻습니까, 이렇게 화합의 자리가 계속되면 어떤 어려움이 우리의 앞을 가로막겠습니까?"

육십 년 한 우물을 파고 나면 저리 지혜가 드나보다. 이런 인사를 할 수 있는 여인을 누가 무식하다 할까?

11시 뒤풀이 마당이다. 한 마당씩 기량을 보이던 보조 만신들도, 점잖 빼던 공무원도, 악공과 구경꾼들도, 굿 연구회원과 카메라를 든 작가도, 호기심 많은 코 큰 외국인도 덩실덩실 춤추었다.

하늘의 별들이 총총했다. 공수다, 앞자락을 펼쳤다. 싱긋이 웃는 큰 별, 1762년 아버지의 손에 죽고 1776년 아들에 의해 해원된 장조의 혼은 이제 편안하시겠다.

그 옆에 보일 듯 말 듯 작은 별 하나, 삼십삼 년 전, 열 달 태안에 품었다 가슴에 묻은 내 외아들이다.

"엄마?"

평소 어느 분위기에도 흠뻑 빠지지 못하는 성격이다. 그리 찬 체온을 지닌 내가 쾌자를 입으니 팔이 올라갔다. 힘이 없던 열한 살이라 아버지를 지키지 못한 아들과, 빈손이라 아들을 살리지 못한 어미의 한은 비슷하다. 덩더꿍덩더꿍, 떠꿍떠꿍 떵더꿍.

피리와 장구가 찰지게 심금을 울린다, 눈물은 흐르는 대로 두자, 춤을 추자.

사만이 신화; 고아 사만이는 동리사람들이 키웠다. 어찌어찌 장가는 들었으나 가난했다. 어느 날 산속에서 해골 하나를 주웠다. 조상을 모르던 사만이 해골을 조상이라 생각하고 매일 제사를 드렸다. 그 후로 살림

이 늘어났다. 서른 살 어느 날밤에 꿈을 꾸었는데 하얀 할아버지가 나타나

　"자손이 없는 내게 제사를 잘 지내주어 고맙다, 네가 내 아들이다. 네 명이 삼십이라 내일모래 저승사자가 잡으러 올 게다. 내가 시키는 대로 해라"

고 일렀다. 시키는 대로 마을밖에 짚신과 띠를 준비했다. 큰 굿상을 차리고 저승사자를 맞아 잘 대접했다. 배부르고, 새신 신고, 새 띠를 두르고 흡족한 저승사자가 돌아가서 三十의 十자 위에 획 하나를 삐쳐 그어 일천 千자를 만들었다. 사만이는 삼천 살까지 잘 살았단다. 엉터리 믿음이나 아주 엉터리만도 아닌 신화다. 정성을 들이면 복을 받는다고 굿에 곁들이는 신화이다.

2008년 1월

표준 맛 김치

표준 맛 김치 특허를 내고 수출한다는 기사를 읽었다. 표준 맛이
란 처음 들어보는 말이다. 김치에 표준 맛이 있는지, 대한민국을
대표한다는 표준 맛은 대체 어떤 맛인지, 특허의 심사 기준은 어디
에 두는지? 사뭇 궁금하다.

하긴 김치의 고유한 맛이 사라졌다. 음식점의 김치, 슈퍼마켓
판매대의 종갓집 김치, 하선정 김치, 심지어 가정의 김치까지 어
슷비슷한 맛이다. 집집마다 다르고 손맛 따라 달라야할 것이 김치
인데.

똑같은 사람이 똑같은 재료로 담가도 김치 맛은 매번 다르다.
일정한 온도를 유지시킨다 해도 김치안의 이백 가지의 젖산균은
제각기 저 좋은 방향으로 번식한다. 그것들의 번식과 공생관계가
맛의 조화를 우리로선 알 재간이 없다. 땅속의 일정한 온도도 김치

냉장고의 정확한 숙성장치에도 유산균은 다르게 반응한다. 비슷한 맛은 있어도 똑같은 맛은 없다.

꽁보리밥뿐이던 오십 년대도, 아침마다 수돗가에서 엉덩이 쳐들고 양은냄비 닦던 육칠십 년대도 김장은 한 접씩 했었다. 한옥 마루에 호마이카장 들여놓고 보기만 하는 그릇 진열하던 90년대까지 김장이 반 식량이었다.

김장 전날은 해가 설핏하도록 무, 배추를 뽑아 날랐다. 어른, 아이, 강아지까지 바쁘던 날이었다. 배추를 다듬어 소금물에 절이랴, 부지런히 두레박질해 무 씻으랴 저녁도 늦었다. 그리고 한밤중에 일어나 손을 두 번 쳤다.

속 넣는 날은 동네 잔치였다. 우물가에는 양념과 항아리 씻는 패가 있고, 마루에서는 마늘과 생강 찧고, 채 써는 패의 얘기꽃이 피었다. 마당에 멍석을 너댓자락 펴고 속을 넣었다. 광주리와 소쿠리, 둘이 들어야 할 자배기가 다 동원되었다. 요즈음처럼 굴이나 생새우 같은 부재료를 넣지 않아도 오다가다 한 입씩 얻어먹는 속대쌈 맛은 기막혔다. 부엌언니가 가마솥에 햅쌀밥을 뜸들이고 옹솥에 속대 국을 끓였다. 김치 광에 열 개쯤의 항아리가 차면 점심을 푸지게 먹은 아낙들도 속대무침을 한 옹배기씩 들고 갔다. 공연히 뛰어다니며 걸리적거리던 어린 손등이 빨갛게 얼어도 김장하는 날은 대책 없이 즐거웠다. 땔나무와 겨울옷을 장만한 후 마지막 월동준비의 풍요였다.

지금은 그도 없어졌지만 배추 열세 포기에 김장꾼은 열아홉이 모이던 과도기도 있었다. 부녀회원들이 몰려다니며 고등학교 평준화를 본받아 김치 하향평준화에 일조했다. 남의 김장에

"소금 대신 젓갈 더 넣고"

온 동네 김치맛을 통일시켰다. 새마을 운동 후유증이었다. 예나 지금이나, 김장판이나 장기판이나, 모이기만하면 훈수꾼의 권력이 드세다. 그리고 얼마 후 직장여성들 편하라고 포장 김치가 등장했다.

배추단지 평택에서 배추농사를 지었었다. 흙에 재를 섞어 체에 내리고 편편한 바닥에서 반죽해 인절미처럼 잘랐다. 구멍을 뚫어 씨앗을 하나씩 넣었다. 비닐을 씌우고 아침저녁 물을 주면 닷새 지나 아기 손 같은 모종이 줄지어 섰다. 밭에 옮겨 심고 나서부터 배추장사가 드나들며 평당 포기 수를 가늠해 값을 흥정하면 돈이 바쁜 사람은 넘겨버렸다. 장사꾼은, 두 번만 주어도 될 비료 댓 번 주고 농약에 전착제 섞어 듬뿍 쳤다. 머리채 끌려 올라오듯 억지로 자란 배추는 맛도 짐짐하다. 통 크고 갓이 두꺼운 것은 골에 물 많이 대준 배추, 뒷맛이 씁쓸한 것은 질소비료를 많이 준 배추다. 냉이보다 조금 큰 재래종이 고소한데 이제는 씨앗조차 찾기 힘들다. 한 달 헤매도 마음에 드는 배추를 못 찾다, 운 좋게 잡종 배추를 만난 해도 있다.

나는 아직도 김장에 큰 비중을 둔다. 프랑스 게랑드 명품을 웃돌

게 미네랄이 풍부한 서해 천일염을 삼 년쯤 묵혀 간수를 뺀다. 마늘은 이른 봄에 흙 묻은 것을 사는 것이 중국산에 속지 않는 비결이다. 맞물 고추도 행주질쳐서 빻아놓고 내 식구의 입에 맞는 젓갈도 미리 준비한다.

제일 고심하는 것이 배추 고르기다. 재래시장에 나가 점포마다 돌며 배추 잎을 조금씩 씹어본다. 대체로 갓이 두껍고 통 큰 배추는 장사꾼 배추다. 고심하고 골라도 몇 해는 김치 맛이 영 아니었다.

김장은 다른 일과 겹치기 하지 않는다. 그날은 오직 김치에 몰두한다. 양파와 배와 청양고추도 갈아 넣는다. 찹쌀풀을 넣으면 빨리 시고, 해산물을 많이 넣으면 쉬 무르니 둘 다 사절이다. 실온에서 첫 단계 숙성시켜 시차를 두고 두 개의 김치 냉장고에 나누어 넣는다. 공기와 물 접촉이 상극인 김치는 상을 다 차리고 난 다음 마른 손이나 일회용장갑을 끼고 꺼낸다. 채소의 신선한 맛, 잘 발효된 젖산과 류코소스톡 유기산의 깊은 맛, 갓과 향신료 어우러짐이 입안에 퍼진다. 먹어본 사람이

"김치가 너무 맛있어요. 조금 나누어 주시죠?"

한다. 손맛은 관심과 노력에서 자란다. 십 년을 연구하면 박사학위도 따는데 삼십 년 전업주부가 자기의 손맛을 내지 못한다는 건 무지나 게으름이다. 실패하면서, 먹어보면서, 비교하면서 자꾸 해봐야 한다.

농업에서 산업사회로, 정보사회로 돌입하는 과정을 예견한 앨빈 토플러가 말했다. 음식 발전도 첫 번째가 간, 두 번째가 양념, 세 번째는 발효 맛이라고. 앞으로는 발효음식이 대세일 것이란 말이다. 김치는 대표적인 발효음식이다. 면역력 증강, 노화방지, 정장작용에 좋다. 세계 5대 건강식품에 포함되었다.

김치를 활용한 음식도 개발하기 나름이다. 다시마와 디포리, 콩나물 넣고 해장국 끓인다. 생선조림 밑에 깔고, 김치볶음밥 하고, 만두 속 넣고, 수다 떨고 싶은 날 김치전 부쳐놓고 5층 여자 부른다. 묵은지 찜, 김치잡채, 김치버거 김치가 맛있어야 이 모두가 일미다.

코엑스 지하 풀무원 김치박물관에는 333종의 김치가 있다. 수삼김치, 콩나물김치, 더덕김치, 골곰짠지, 비지미, 죽순김치, 감김치, 꿩김치…

김치에 있는 젖산유전자를 찾아야한다. 유산균이 어느 재료를 얼마큼 좋아하는지 비율을 찾아내고 가장 좋은 맛에서 숙성을 차단하는 기술을 발명해야한다. 하면 '덜 숙성된 경상도 배추김치', '잘 숙성된 전라도 갓김치', '중간 숙성의 경기도 보쌈김치'로 다양한 상표를 붙여 수출할 수 있다. 김치 연구소의 과제다.

이천 김치, 강릉 김치, 갈씨네 김치, 손씨네 김치가 특색 있어야 한다. 이북 김치의 내장까지 시원한 맛에서 실향민의 아픔을 함께 먹고, 전라도에 가서는 양념을 헤집어 배추줄기를 찾아 먹고 짙은 젓갈 맛에 취하고 싶다. 경상도 남자의 뚝심이 맵고 짠맛에서 나왔는지 손부채질 해가며 경험하고 싶다.

발효음식은 요리 연구가들이 정확한 레시피로 한 접시 뚝딱 만들어내는 다른 음식과 다르다. 편하게 사 먹는 거 좋아하는 사람은 절대로 맛을 못 내는 음식이 김치다. 십 년 이상의 훈련으로 겨우 내 손맛을 찾았다. 표준 맛을 강조하는 사람, 양분섭취도 표준, 표준을 섭취하는 사람의 머리에서는 표준 사유만 생성되지 않을까? 표준을 강조하면 특색이 사라지고 특색이 사라지면 발전도 기대할 수 없다. 다양성의 수용이 곧 발전인데…

표준 아니면 소외된다. 한데 나는 표준이 못되는 생각을 왜 하는가?

≪에세이문학≫ 2009년 가을호

칠보 쌈을 만들며

배고팠던 때가 불과 삼십 년 전인데 음식이 너무 풍족하다. 재래 시장과 동네 가게와 대형슈퍼마켓에 쌓인 것이 식품이요, 음식이 다. 계절식마저도 의미가 퇴색해졌다. 솔향을 맡으려 추석을 기다 리고 나이 먹는 것은 싫어하면서도 동지팥죽을 기다리던 일이 까 마득한 옛말이 되었다. 아파트의 음식물 쓰레기통 다섯 개가 매일 넘쳐난다.

집집의 고유한 장맛과 손맛도 없어졌다. 특정지역의 음식도 어 느 곳에서나 맛볼 수 있다. 외식이 대세니 시장 봐다 다듬고 절이 고, 데치고 지지고, 볶는 일이 줄었다. 결혼 피로연이나 아이 돌이 나 부모칠순은 물론, 집들이까지 밖에서 식사하고 집에서는 차만 대접한다. 갖가지 음식을 골고루 차려놓는 뷔페집 사장이 고맙기 는 하나 뷔페 음식이란 그 밥에 그 나물이다. 뷔페집이 우리를 보편적 즐거움으로 길들인다. 비슷한 맛을 취하고, 비슷한 영양분을 섭취하고, 생각까지 비슷해져 포플리즘 발전하지 않았는지?

골드 미스 우리 이모는 아침은 커피 한 잔, 점심은 사내식당에서, 저녁은 일주일에 두 번 팀원들끼리 삼겹살파티를 한단다. 단합대회가 없는 날은 김밥이나 샌드위치 사들고 들어오거나 라면을 끓인다. 집에서 먹는 건 허기를 채우는 음식, 간식이 먹는 즐거움이요, 영양보충이다. 음식을 놓고 담소하며 가족의 결속을 다지던 시절이 언제던가?

음식도 문화다. 프랑스 요리가 세계 제일이 된 배경에는 음식을 생존을 위한 방편을 넘어 생활문화로 즐긴 덕분이다. 프랑스의 디너는 먹은걸 화장실에서 토해가며 네 시간을 소비한다. 정다운 사람이나 정서가 맞는 사람과 담소하며, 즐거운 추억을 만드는 일이다.

팔도에서 올라오는 산해진미와 보약을 먹었던 임금의 평균 수명이 사십대였던 것은 영양의 비율을 맞추지 못한 탓이었다. 바쁜 현대인도 단백질, 지방, 탄수화물 비율 맞추고 비타민 A에서 K, 미네랄과 엽산까지 매일 챙겨먹기는 어렵다. 그러나 오색을 골고루 맞춰 하루에 서른 가지 이상의 식품을 먹는다는 원칙을 기억하면 대체로 비율이 맞는다. 잡채, 만두, 비빔밥, 구절판 같은 손 많이 가는 한식이 그렇다.

구절판은 그릇이 양반, 칠보 쌈은 식재료가 양반이다. 양반 티를 내고 싶을 때 만들어낸다. 칠보 쌈에 쓰는 고기는 한우 아롱사태라야 한다. 소 뒷다리 인대의 위쪽 운동량이 많아 질긴 근육이다. 소 한 마리에서 6킬로그램 정도 밖에 나오지 않아 단골 정육점에 예약해야 한다. 사태는 덩어리 채 찬물에 오십분쯤 담가 핏물을 빼고 질긴 실로 가로세로 3밀리미터 간격으로 촘촘히 묶는다. 물을 넉넉히 잡아 대파 뿌리와 양파를 껍질 채, 생강과 통후추와 무를 넣고 한소끔 끓인다. 국물이 우러나면 사태를 넣는다. 센 불로 겉을 익히고 중불로 속까지 푹 익힌다. 꺼내서 한 김 식힌 후 냉장고에 넣는다.

오이는 굵은 소금으로 문질러 씻어 돌려깎기해 채썰고 살짝 절였다 볶는다. 석이버섯도 불려서 뒷면을 벗겨내고 도르르 말아 채쳐 볶는다. 해삼도 채쳐 볶고 대추도 돌려 깎아 채쳐서 엷은 조청에 조린다. 밤도, 계란 황백지단도 채친다. 밤 대신 배, 해삼대신 전복 등, 계절에 따라 바꾸고 식성 따라 한두 가지 더 넣거나 빼도 뭐랄 사람은 없다. 다만 채소와 버섯과 과일을 많이 준비해야 야채와 육류비율을 8대 2로 보는 동양의학에 비슷하게 맞출 수 있다.

실백은 고깔을 떼고 백지에 놓고 칼날로 다진다. 믹서에 갈면 죽이 되고, 키친타월을 깔면 으깨진다. 포슬포슬한 잣의 질감이 살도록 미농지 같은 백지를 갈아주며 스며 나오는 잣기름을 받아낸다. 아롱사태의 실을 풀고 얇게 편 썰어 무늬 결대로 큰 접시에 돌려 담고 겨자와 설탕과 소금으로 간한 잣즙에 준비한 속 재료를 버무려 가운데 소복하게 담는다.

대접받는 사람은 앞 접시에 편육 한 점을 놓고 속 재료를 놓아 양쪽을 오므려 싸 먹는다. 사태의 짙은 풍미와 야채와 견과의 조화가 식도의 길이를 짐작하게 한다. 오이와 배, 밤을 씹는 잇몸이 즐겁다. 실백의 고소하고 아릿한 향은 이를 닦아도 너덧 시간은 코끝에 남는다.

칠보 쌈에는 혈관과 심장기능을 튼튼하게 하는 붉은 색, 신경과 근육을 강화하는 녹색, 바이러스와 병균에 저항하는 흰색, 성인병을 예방하고 면역력을 강화시키는 노란색, 신장과 생식기능을 돕는 검정 색이 고루 들어있다. 눈과 머리가 맑고, 심장이 편하고, 부족하게 태어난 오장을 보충해주고 몸의 균형을 맞춰주니 火, 水, 木, 金, 土의 음양오행이 들어있는 보약이다.

다섯 가지 색깔도 화려하다. 아롱사태 근육 사이로 멋들어지게 뻗은 힘줄과 마블링은 인간의 손으로 그릴 수 없는 추상화다. 그 한 접시를 앞에 놓으면 황족이 된 기분이다. 반가운 사람과 마주앉아 추억의 문화를 창조하는 시간을 갖는데 족하다.

호텔이나 고급이 아닌 외식은 정서를 삭막하게 만든다, 정성이 든 음식이라야 생활의 윤기를 준다. 휴일 하루, 합심해 만든 칠보 쌈 한 접시는 가족의 소통이요, 내일을 위한 에너지, 좋은 추억의 문화일 것이다.

내 식구들은 향기보다 음식냄새가 좋단다. 해서 늘 앞치마를 입는다. 사돈 생일에도 칠보 쌈을 만들어 랩으로 싸고 대바구니에 넣어 다시 분홍 보자기에 싼다. 내 딸 예쁘게 보아달라고 십만 원 상품권에 보이지 않는 편지를 써서 곁들이고.

2009년 5월

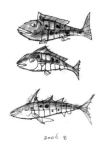

2006 2

지병(持病)과 오답(誤答) 사이에

2008년 4월 16일 오후에 우리는 리피 강변에 섰다. 북쪽의 고풍스러운 오코넬 거리와 남쪽 번화가를 가르며 더불린 시를 흐르는 강이다. 십여 개의 다리가 각기 개성적이다.

물살이 강바닥을 뒤집으며 흐르느라 강물은 시꺼멓다. 맑은 물이 검은 바닥 때문에 그리 검게 비치는 지도 모른다. 검은 물이랑이 술렁거리며 연일 강행군으로 다리가 무거운 이방인을 비죽거렸다. 사월 중순인데 우박이 쏟아졌다. 점퍼에 목도리까지 둘러도 추웠다.

다리를 건너 '감자대기근추모동상'을 만났다. 누더기를 걸치고 보따리를 안고 먹을 것을 찾아 떠나는 사람들, 천근만근인 발을 끌고 미국으로 가는 배를 타러 리버풀로 가는 다섯 개의 동상이다. 충격이었다. 죽었는지 살았는지 모를 축 늘어진 아들을 어깨에 멘

아버지 표정은 더할 수 없는 절망이다. 동상 옆으로 흐르는 물결 속 혼들이 소리치며

"우~우."

내 가슴을 쥐어짜고 있었다.

19세기 중반까지 아일랜드인의 주식은 감자였다. 소작인들은 토지세를 낼 밀보다 감자 농사를 많이 지었다. 1845년에 '감자잎마름병' 바이러스가 대서양을 건너와 급속히 퍼지며 5년 동안 흉년이 들었다. 지주와 상인들이 폭등하는 밀가루로 부를 쌓는 동안 거리에 거지들이 들끓었고, 집집마다 다섯 중 두세 명씩은 아사(餓死)했다. 귀동냥은 했어도 이 정도인줄은 몰랐다.

질병이야 의학이 발달하지 못했던 탓이라 해도, 이렇게 많은 숫자의 사람들을 굶겨 죽인 건 인류의 가장 큰 죄악이다. 병중에 가장 무서운 병은 굶주림이다. 암보다 먼저 저승사자를 맞는 병이다. 가난한 자의 가죽을 벗겼던 '마피아 법칙'에 몸을 떨었다.

굶주린 사람들은 캐나다와 미국으로 떠났다. 짐승을 실어 나르던 배를 찾다 거리에서 죽고, 비위생적인 배에 짐짝같이 실려 가며 이질이나 콜레라에 걸리고, 걸리는 즉시 수장 당했다. 영국 정부에서 구빈원을 세워 수프를 끓여주었으나 너무 늦게 시작했고 그나마 숫자도 적었다. 아일랜드 인구는 1890년쯤 250만 명이 줄었다.

"배고파, 수프 한 모금만."

애절한 어린아이 호소가 물결에 실렸다. 자꾸만 내 목도리를 풀

어내고 모자를 빼앗던 실체는 켈틱 해와 아일랜드 해의 강줄기를 타고 올라온 바람이 아니라, 여직 강바닥을 헤매는 굶어죽은 넋들의 외침이다. 하루 세끼 꼬박꼬박 챙겨먹고, 간식 먹고, 싫은 음식을 쓰레기통에 쏟았으니.

아일랜드는 영국의 실책을 비난했고, 영국은 '하얀 깜둥이'들의 게으름과 감자에만 의존했던 무지를 탓했다. 감자 논쟁은 21세기 현재까지 진행 중이다. 일본의 반성 없이 우리 위안부 문제가 해결되지 못하듯 영국의 사과 없이 감자논쟁이 해결될 기미는 없다.

아일랜드인은 이민 초기 '술 취한 아일랜드인'으로 불렸고, 공장, 철도, 광산에서 '개와 아일랜드인 사절'이라고 쓴 팻말을 대했었다. 감추고 싶은 역사를 '감자대기근추모동상'과 '대기근박물관'을 만들어 보고, 듣고, 늘 새기게 했다, 그래서 다잡고 다시 일어설 수 있었을 게다. 국민소득 사만 불의 아일랜드를 만들었다.

무당을 초청해서 리피강가의 동상들 앞에서 씻김굿을 하고 싶다. 주린 넋들을 빠짐없이 풀어먹이고, 뒤풀이 축제까지 걸게 하고 싶다. 흐느끼며 리피 강을 유영하는 혼들이 이제는 이만큼 장한 조국을 보며 안식을 취하도록 이국인 내라도 굿을 하고 싶다.

아일랜드 국민은 겔트족의 후예, 앵글로색슨족, 바이킹과 주변의 여러 족들이 합쳐진 혼합 민족이다. 더블린 시내에서 버버리 코트위로 불쑥 올라온 살덩어리들을 쉽게 볼 수 있다. 중년의 남자들은 뒤에서 보면 머리와 목의 구별이 없다. 백인이 아니라 홍인

(紅人)이라고 부를 만큼 붉은 피부에 빨간 머리칼 몇 올을 겨우 찾아내고 '저기부터가 목이구나' 했다. 거대한 배를 안고 다니는 임신부가 아닌 부인, 흑임자 같이 주근깨를 뺨에 박은 아가씨, 서양인은 모두 크다는 생각을 수정해야할 만큼 키 작은 사람도 거리를 활보했다.

그런 아일랜드인은 기부를 잘한다. 트로케어(Trocaire) 자선단체는 전쟁과 기근에 찌든 조국을 원조했고, 밥겔도트가 아프리카에 기부한 공연수입금 900만 달러는 가장 큰 자선액수였다. 더블린 거리에 자선금을 모으는 작은 이벤트가 늘 있다. 기부는 생활의 일부로 자리 잡았다.

아일랜드와 우리는 공통점이 많다. 자원이 없고, 민족성이 강하고, 이웃에게 침략당한 역사가 같다. 주권을 빼앗긴 역사, 독립하고 남북으로 나뉘어 대치하는 점도 같다. 그들은 종교, 우리는 이데올로기로 나뉜 이유는 다르지만.

그들은 남북이 대치하고 있으면서 필요할 때

"우리 아이리시는 함께 살아야 한다"

고 외치며 마주 앉지만 우리는 형제끼리 원수처럼 지낸다.

여행가 더불러 머피가 긴 여행에서

"나는 제3세계를 지나고 아일랜드라는 기묘한 제4세계로 왔다"

라고 할 만큼 그들의 성과는 불가사의하다.

정상인이 장애인과 예사로 결혼하는 나라, 가난한 사람도 생활에 불편 없도록 사회보장제도로 조절하는 나라, 예술인을 우대하는 나라가 아일랜드다. 아픈 역사를 지병으로 의식한 사람들이다. 지병은 방치하면 생명을 앗아가지만 잘만 관리하면 평균수명이 넘게 살 수도 있다.

정신문화는 정책보다 대중의 지혜와 의식 실천이 이끌어간다. 우리는 그 동안의 역사를 연필로 쓰고 있었나보다. 초등학생처럼 지우고 다시 쓰는 일만 반복했다. 기계적인 반복이었다. 두 번이나 세 번째는 정답을 써야했다. 아직도 동네에 장애시설이 들어서면 집값 떨어질까 데모한다.

아일랜드의 국민소득이 4만 불이 넘어 그들을 지배했던 영국보다 잘사는데 우리를 지배했던 일본은 우리의 두 배다, 괜찮다. 그러나 지역과 민족과 영토를 넘은 민족성을 형성했다는 점, 한(恨)을 긍정의 힘으로 교체시킨 점, 질곡의 시간을 성숙한 인간의식의 계기로 삼았다는 점은 어쩔 수 없이 부럽다.

제임스 2세와 오렌지공이 싸웠다던 다리는 길이보다 폭이 더 넓은 특이한 형태다 그렇지만 조화롭다. 지병과 오답사이의 다리 폭이 조화를 찾기는 더욱 어렵지 싶다.

2008년 4월 더블린 방문 기행문

조선 최고의 페미니스트 춘향 선배님께

춘향 선배, 당신은 영조 30년 남원에서 태어났고, 나는 1941년에 경기도에서 태어났습니다. 당신과 나는 엄청난 시공의 거리를 지녔어요. 일면식도 없고 말도 나눠보지 못했지요. 한데 당신 삶의 방식이 내 마음에 꼭 들어요. 당신은 내 선배, 아니 이 시대 우리 모두의 선배입니다.

'烈女春香祠' 앞에 서서 당신의 영정을 봤습니다. 매년 음력 4월 8일 당신의 생일에 소박당한 한을 풀어주고 풍년기원의 제사를 지낸다고요. 이름이야 春香이든 春陽이든 상관없으나 상사병에 죽은 春陽이는 흔하디흔한 시대의 희생물이요, 옥살이의 곤경을 딛고 일어선 春香이라야 기림직한 인물 아니겠어요.

선배가 옥중에서 貞烈夫人職牒을 기대했습니까? 양지바른 곳에 묻어 달라했습니다. 남원부사는 삼 년 임기요, 이몽룡이 빠른 코스를 걸어도 소과, 대과를 거치는데 십 년, 다시 만난다 해도 지방 관과 일반 백성의 결혼을 금하고, 일부일처에 축첩이 대세였던 시절이에요. 선배는 법으로나, 인습으로나 첩실이 영락없습니다. 선배의 자식은 과거에 응시도 못하는 백수일 것이고… 선배도 이런 계산을 했겠지요.

그러니 이몽룡을 택한 건 무모한 행동이었지요. 사랑에 눈이 멀거나 열여섯 살의 열정이래도 그래요. 세상명리에 밝은 월매의 딸답게 잡으러 온 군노사령들을 술과 돈으로 매수한 터에. 몽룡과 이별할 때에도 발 동동 구르며 중이 법고 치듯 가슴 치고, 머리 뽑고, 목에 수건을 동이며 죽이고 가라고 대들던 선배입니다. 그러다 사세부득을 계산하고

"영달한 뒤 좋은 사람 만나 혼인하고 잊지나 말아 달라"
고 곱게 보낸 것도 선배 나름의 계산이었지요. 허나 계산이 어디 예상대로 맞아떨어지던가요? 세상일은 계산과는 상관없이 굴러가지요.

서양에 <로미오와 줄리엣>이 있다면 우리에게는 <춘향전>이 있다고들 합니다. 소녀 때는 <로미오와 줄리엣>이 멋있었는데 나이 들어 다시 읽으니 허망합니다. 하나뿐인 목숨을 과학이나 학문, 인류의 평화, 심금을 울리는 예술에 걸었다면 더 좋았을 것을. 그 건 그냥 코끝이 찡한 사랑이야기일 뿐이지요.

<춘향전>은 고달픈 삶에게 주는 고진감래의 과정이고, 가려

운 곳을 긁어주는 새콤달콤한 샐러드 맛이에요. 원작에 많은 사람들이 보탠 더늠 덕분이죠. 선배는 유진한의 <晚華集>을 시작으로 <獄中花>, <烈女 春香 守節歌> 등으로 필사본이외에 방각본도 120여종. 연극, 현대소설, 영화까지 장르를 넘나들며 활약합니다. 판소리꾼들의 5~8시간짜리 바디까지 합한다면 수백 종이 될 겁니다. 파리 동양어 학교에도 <南原 古詞本>이 있다네요.

선배 아세요, 당신이 주인공인 영화가 열다섯 편이나 만들어지고 한국 최고의 최은희, 김지미, 문희, 이효정 같은 배우가 선배역이었다는 걸, 1936년 중국옷에 모차르트 음악을 배경으로 한 러시아 발레를 우리 춘향으로 리메이크한 걸, 학자들은 여전히 쇠뼈다귀처럼 선배를 우려낸 논문으로 먹고사는 걸, 필부필부는 선배로 하여 위로 받고 바른 길을 잡을 수 있다는 사실을?

처음 <춘향전>을 접했을 때 신분차이도 죽음의 위협도 넘는 사랑이 낭만으로 보였습니다. 두 번째는 작위적인 남존여비사상에 식상했고요. 이제는 당신에게서 절개나 사랑 이상의 것을 읽습니다. 연인을 보내거나(춘희), 자살하는 나약한 여인(줄리엣)이 아닌, 강한 주체성으로 자신의 삶을 설계하는 한 페미니스트를 봅니다.

선배는 몽룡에게 연계찜을 비롯한 서른여섯 가지의 요리에, 열여덟 가지의 술을 차려냈지요, 화려한 의성어, 의태어와 한시에서 불경, 가사, 시조, 민요, 점성술, 잡가까지 먹였지요. 신분과 계층에 따라, 입맛 따라 골라먹으라고.

적극적이고 진취적인 선배의 성격이 나를 사로잡아요. 여타 조선의 여인들이 삼종지도에 얽매어 살던 때 당신은 자아의식이 뚜렷했어요. 이몽룡과의 첫날밤 불망기(不忘記)를, 외출 때는 향형자(香亨子)의 배행(陪行)으로 맞는다는 약속을 받아두었지요. 정열부인으로 승격시키겠다는 약속을. 하! 요 대목에서 내가 선배한테 홀딱 반한 것 아닙니까? 그 시절 당신 말고 누가 감히 사또의 아들에게서 보증서 같은 것을 받아둘 생각을 했을까요? 당돌하고 발칙하게시리.

이몽룡이 어떤 사람입니까? 출세를 지향하던 마마보이였죠. 양반횡포와 수컷의 속성만 있었어요. 선배를 찾은 건 춘정의 발로였으니, 춘향이 아니라 춘양이라도 상관없겠지요. 몽룡에게 선배는 갖고 놀다가 버릴 수 있는 계집일 뿐이었지요. 이런 이몽룡을 평생의 배우자로 택했으니, 몽룡이 선배를 찍은 게 아니라 선배가 몽룡을 택한 겁니다.

금잔의 술은 천인의 피요, 옥쟁반의 안주는 만인의 살이지
촛농이 떨어질 때 백성의 눈물 떨어지고, 노랫소리 높은 곳에 원성도 높다
金樽美酒 千人血 玉盤佳肴 萬姓膏,
燭淚落時 民淚落 歌聲高處 怨聲高

이런 시는 선배를 만나기 전이라면 이몽룡의 의식에서 절대 안 나오지요. 아, 몽룡은 모른척해도 자신의 앞날은 탄탄한데 뭐가 답답해 민생들의 처지를 생각합니까? 이 시는 당신과의 사랑을 통해서 얻은 의식의 깨어남이요, 정신적 성숙이지요. 여자의 의식을 막아놓았던 시절이라 연애소설로 격하되었지, 사랑이 사회개혁까지로 발전할 가능성을 보여준 작품이예요.

자신의 소신과 양심에 목숨 거는 일이 위험이라는 걸 본능이 알아요, 평소에 의기투합하다가도 잇속이 달라지면 돌아서는 인간의 심리야 그때나 이때나 같지요. ≪경국대전≫을 읽었다고 곤장 맞으며

"대비속신(代婢贖身)한 자에게 수청을 요구하는 것은 불법이다."

사또를 꾸짖으며 제 권리를 주장할 사람이 몇이나 되겠습니까, 인습에 끌려 다니던 인간의 나약함에 선배는 확실한 방향타를 쳤습니다.

선배, 당신의 투쟁은 민주항쟁투쟁만큼 장합니다. 몽룡이 거지 모습으로 돌아왔을 때 보였던 일편단심도 자존감이었죠. 지식은 풍부해도 지혜가 무지한 남자를 일깨우고, 멍에 진 여자도 왕후에서 여왕으로 격상할 수 있다는 것을 보여준 행동이었죠.

여자의 정절은 목숨보다 우선이다. 이런 유교 사상에 젖은 남자가 쓴 소설이, 요렇게 유교의 인습에 대고 인간해방과 페미니즘을 외치게 될 줄은 작가도 아마 몰랐겠지요?

삼백 년 뒤의 오늘도 삼종지도가 유효합니다. 아직도 이 후배와 또 비슷한 여자들이 인습에 얽매어 거년스럽게 삽니다. 남녀평등, 여권신장 해 싸도 남존여비의 견고한 틀은 하느님이나 부처님도 깨트리지 못해요. 보세요, 오십대 남자와 이십대 여자의 재혼은 더러 있어도 오십대 여자와 이십대 남자의 재혼은 없지 않아요. 선배 때에도 지금도 요지부동의 남녀차별이 우리 여자를 슬프게 합니다. 해도 선배가 있어 동서남북으로 달리는 마음을 달래봅니다. 해서 이 후배는 이백오십 년 전의 다이아몬드 같은 선배의 사상을 갖지는 못하고 만져 보기만 합니다.

선배가 사는 세상은 신분 차도, 성별 차도 없이 완전 평등이지요? 원도 한도 다 풀었으니 몽룡 형부와 부디 알콩달콩 사세요.

2006 년 9월, 253년 後의 후배가

후기; 춘향 사당을 다녀온 날, 한밤중에 잠이 깼다. 기껏 "첩년" 소리 듣자고 모진 매를 택한 춘향이 미련해서. 허나 곰곰 생각해보니 253년 후에 태어난 나는 더 미련했다. 의미조차 퇴색해버린 조강지처에 목을 매고 거년스러운 넋을 지키느라 지병까지 얻은 일이. 두세기 반 세월이 흘렀건만 절대로 변하지 못하는 인습을 진저리치며 견디었다. 날이 밝도록 춘향에게 편지를 썼다가 찢고 다시 쓰곤 했다.

북극성을 가리키셨던 김기태 선생님께

앨범을 정리하다 옛날 사진 한 장을 발견했습니다. 누렇게 변한 흑백 사진 속에서 제자 넷을 좌우로 세우고 선생님은 먼 곳 구름을 보고 계시네요. 배경이 천막교실이어도 모처럼 아이다운 모습들입니다. 눈살을 찡그리고 입술을 앙다문 저만 빼고 모두 웃는 얼굴입니다.

사진이 아니라 선생님은 제 가슴에 자리 잡고 계십니다. 제가 만났던 이십여 명 스승 중 가장 생생하게 살아계십니다. 선생님 덕분에 밥보다 더 필요한 것이 희망임을, 밥이 절박한 환경에서 알았습니다. 가장 필요한 때에 가장 필요한 북소리를 들려주셨던 선생님의 뛰어난 교육이 역경의 고비마다 위로이고 힘이 되었습니다.

물자가 풍부해졌습니다, 과학 발전과 물질풍요는 좋은 겁니다.

요즈음엔 하고 싶은 일은 거의 다 할 수 있어요. 몇 푼 돈 때문에 의욕을 꺾어야했던 6·25 세대에게는 꿈같은 일입니다. 요즘 아이들은 얼마나 축복을 받았습니까? 그러나 필요한 것을 쉽게 얻었기에 조금 힘든 일도 참아내지 못하는 젊은이들을 볼 때면 서글퍼집니다.

전쟁 속의 삶은 카오스 안을 헤매는 작업이었습니다. 그때까지 세상을 지배하던 유교 가치관을 쓰레기통에 쑤셔 넣고 나니, 우리의 새 지향점은 보이지 않았습니다. 지주였던 아버지가 한 되의 보리쌀을 얻기 위해 붓글씨를 써서 보자기에 싸들고 일거리동냥을 다니셨습니다. 몽당연필도, 새 공책도, 그보다 더한 먹을거리도 포기해야한다는 것을 너무 어린 나이에 새겼지요. 배고픔을 잊는 무의식의 세계, 잠들기를 즐겼습니다. 육신의 배고픔만큼 정신적 허기증도 커서 꿈에 요리상 앞에 앉아있거나 천상의 꽃길을 거닐다 깨곤 했었죠.

전쟁에 동의하지 않은 여자들과 아이들에게도 피해는 공평하게 배당되었습니다. 꿈에 부풀어야할 십대 초반이었지만 아이다운 모습이 없었지요. 살아남은 어른들의 정의는 물리적 힘이었습니다. 수단방법을 무시해서 살아남았으니까요. 아이들도 폭발할 것 같은 덩어리 하나씩을 가슴에 품고 있었습니다. 한 녀석이 시장판의 거친 욕을 배워 오면 따라하며 낄낄댔습니다.

오 학년이라는데 체격은 삼 학년 같이 작고, 구구단도 까먹고,

어쩌자고 한글 자모까지 잊어버린 녀석이 있었습니다. 대부분이 사오 년씩 놀다가 이삼 학년을 뛰어 넘은 아이들이었죠. 그러하니 더 열심히 공부해야하는데 책상 가운데 그은 금을 넘어왔다고, 콩알만큼 달아버린 고무 때문에, 툭하면 덩어리져 싸웠습니다. 그때마다 저는 당신의 눈치를 살피고 흰자위가 몇 번이나 붉어지시던 것을 놓치지 않았습니다. 어느 날, 당신은 원조 받은 우유가루 한 술로 다투는 우리를 지켜보다 홱 나가셨지요.

단체기압을 예상하고 책상 아래서 바짓단을 걷어 올리는데 한참 후에 들어오신 당신 손에는 회초리 대신 책이 들려있었습니다. 매일 수업시간 5분을 남겨 ≪로빈슨 크루소의 모험≫을 읽어주셨습니다. 그것이 척박한 땅에 떨어진 씨앗이었습니다. 북극성이었습니다. 교과서보다 강한 펀치였습니다.

산골에서 살다 피난 간 저는 사람의 혼을 송두리째 흔들어 놓는 그런 종류의 책을 처음 대했습니다. 절망할 수밖에 없는 환경에서 움막을 짓고 나무에 날짜를 새겨 넣으며, 자신의 삶을 가꾸는 주인공은 한마디로 경이였습니다. 아버지에 의해 내 생각과 몸이 움직이고, 장차는 다른 남자어른에 의해 좌우될 운명을 타고난 계집애의 가슴이 마구 콩닥거렸습니다.

"조용히 하면 책 읽어준다, 이 산수문제 다 풀면 책읽어준다"는 말씀이 나오면 숨도 조심조심 쉬었죠.

1704년 셀커스가 칠레 근처의 섬에 혼자 떨어져 4년간 모험한

이야기를 다니엘 디포우가 듣고 서인도제도를 배경으로 쓴 소설이라는 것, 무인도에서도 개인의 사회성은 존재하고 키워야한다, 개인의 경험이 사회에 미치는 보편성이 중산층의 의식을 깨고 산업혁명까지 불러왔다는 사실은 훨씬 후에야 알았습니다.

세상에 대한 원망만 품은 제자들이 안타까우셨을 겁니다. 로빈슨은 너희보다 더한 절망을 뚫고 살았다, 너희들도 오늘의 고통을 잘 이겨내고 스스로의 삶을 가꾸어야 한다는 독려를 그적에 알아들은 아이도 있었겠지만 아둔한 저는 몰랐습니다, 그래도 가슴은 두근거렸습니다.

선생님과는 불과 몇 달 천막생활을 같이 하다 환도하며 소식이 끊겼지요. 전학통지서를 써 주시며

"서울 가서 선생님한테 편지해라"

는 말씀에 서슴없이 대답해 놓고 편지 한 장 올리지 못했습니다.

굳이 변명하자면 뜻 봉양 미달의 빈손이 부끄러웠습니다. '입 봉양보다 뜻 봉양'은 부모에게만 해당되는 말이 아닐 겁니다. 면목서는 날 찾아뵙겠다고 별렀지요. 코앞에 바득바득 다가서던 난제를 헤쳐 나가느라 동동거리다 백발이 되었습니다. 기회가 닿을 때마다 책을 잡았어도 선생님을 찾아갈 날은 아득했습니다. 원하는 것은 더 빨리 도망치는 속성이 있으니까요.

"그동안 무얼 했느냐?"

고 물으실까 두려웠습니다.

선생님처럼 이웃에게 좋은 간섭 끼치지도 못하고, 길 잃은 자에게 지향점을 제시하지 못했습니다. 세상에 그 많은 추구할 가치, 모두를 외면하고 먹고 입고 육신을 지탱하는 하찮은 일에 세월을 허비한 미욱함이 염치없었습니다. 자신을 잊었으니 더욱 부끄러웠습니다. 겨우 환갑이나 되어 저를 찾기 시작했지요. 늦깎이 글쟁이가 되어 밀렸던 열정을 불태웁니다. 선생님 뵙고 싶습니다.

"힘들었구나, 늦게라도 꿈을 기억해 냈다니 고마운 일이다."

고약한 제자의 등 두드려 주실 거지요?

고백합니다. 당신 같은 스승을 모셨던 저는 아주 특별한 행운을 받은 사람입니다. 북극성이 보입니다. 나침반도 챙길 새 없이 숲속에 방치되었던 우리에게 북극성을 가리키던 당신의 애절하던 손가락이 보입니다, 하얗게 이 밤을 밝힙니다.

선생님, 어디에 계시든 강녕하십시오. 미련한 제자 늦게 큰절 올립니다. 강녕하십시오, 강녕하십시오, 그리고 또 강녕하십시오.

2009년 5월 어느 밤에

지금 연습 중입니다

올림픽경기에서 금메달을 딴 선수들에게 모두 박수를 보냅니다. 똑같이 연습하고도 빈손으로 온 선수들에게는 연습에 천부적 소질을 발휘하고 본심에 명함도 못 내미는 내가 박수를 보냅니다.

운동경기나 연극, 백일장보다 중요한 세상살이에 연습 한 번 못한 채 맞닥뜨린다는 사실이 불만입니다. 어떻게 해야 실수를 줄이는지, 일의 능률이 오르는지, 곳곳에 매복한 어려움은 어떻게 헤쳐 나가는지 연습을 해야지 않겠습니까? 하기는 했는데 전생의 일이라 다 까먹었는지도 모릅니다. 아무튼 나는 젓가락질도 못해보고 삼신할머니에게서 쫓겨나왔습니다.

연극 한 편을 무대에 올리려 배우는 몇 번 연습을 할까요, 운동선수는 한 번의 시합을 앞두고 몇 번이나 연습하나요, 칠팔십 년의 삶을 연습 없이 곧바로 시작하는 게 말이 됩니까? 느닷없이 뺨을 맞고, 넋 놓고 있다 미친개를 만났지요. KO패 당할 수밖에요.

외우기 연습이 곧 공부였죠. 9·9단부터 피타고라스 정리, 당시에 백이 못되었던 수도를 걸으면서 외웠고, 조선왕의 순서를

"태, 정, 태, 세, 문, 단, 세…"

불경스럽게 화장실에 앉아 외웠습니다.

"희(噫)라 구래(舊來)의 앙울(仰鬱)을 선양(宣揚)하려하면…"

이해도 못하는 관념어 나열의 <기미독립선언문>을 오십분 만에 외웠어요, 국민학교 6학년 때였죠.

워드연습은 그 날이 그 날이었습니다. 그냥 여직대로 기계치로 살자 작정했죠. 며칠 뒤 마지막으로 한 번만 더 해보자고 컴퓨터를 켰더니 손가락이 전날의 연습을 기억하고 있었습니다. 오늘 연습한 시간에 전날의 연습량, 거기에 플러스알파까지 있었죠. 연습은 지독히 재미없지만 쇠붙이를 당기는 자력은 매력이던걸요.

늦깎이 공부도 연습으로 버텼지요. 이순에 이십 대와 경쟁하려니 그들보다 스무 배쯤 더 연습했습니다. 열일곱 시간 책상 앞에 앉아 있었지요. 4년의 연습결과는 운동부족에서 오는 복부비만에 당뇨병이었습니다. 책장의 팔백 권 책에게 다음 번호표를 주었는데 엉뚱한 연습이 새치기하재요.

졸업시험 끝나자마자 주방에 저울을 놓고 당뇨책자를 보며 또 연습했습니다. 메밀과 보리를 섞은 밥을 110그램씩 달아 먹으며 하루에 8킬로미터씩 걸었습니다. 저혈당증이 오면 길가에 주저앉

았다가 5시간 걸려 목표를 채웠습니다. 2개월 만에 59킬로그램 체중이 47킬로그램, 228mg/dl 혈당은 150mg/dl가 되었지요. 연습은 미련 떱이죠, 그러나 놀랍게 정직한 얼굴입니다.

오백 년 사건을 기년체로 옮겨 쓰기는 의미가 없어 보였죠. 방학 숙제 안하고 세계명작 읽다가 역사노트에 '요 노력(要 勞力)'이라는 지적을 받았어요. 한데 말이죠 연습이 금메달의 왕도였다는 걸 너무 늦게야 깨우쳤습니다. 칠십 년대 초였죠. 20세기 중반의 시골이 여전히 18세기였습니다. 촌 아낙들은 눈만 뜨면 잡초와 싸웠습니다. 제초제도 쓰지 않았고 검은 멀칭비닐도 흔치 않았어요. 이백 년 전과 똑 같이요.

호미를 잡을 줄도 모르고 묘목 밭에 품팔이를 나섰습니다. 십오 분 쉬는 시간까지 반납하고 땅을 팠는데 다른 아낙의 반의반 정도 했어요. 그 잘난 일을 하고 팔다리가 굳어졌습니다, 쇠막대로 깁스한 것같이 뻣뻣했어요. 이곳에서도 발붙일 수 없다고 절망했습니다. 허나 닷새 후에 몸살이 낫자 다시 나갔습니다. 감독이 쫓지는 않았거든요.

"밭 매던 년들 저녁밥 하러 들어갔니?"

머리를 잘린 쇠뜨기가 서너 시간 지나면 두런거리며 고개를 내밀고 바랭이도 흙 속에 다시 발을 뻗습니다, 농작물은 잡초와 경쟁이 안 돼요. 모내기철에 손을 못 댄 손가락만한 명아주는 면도칼로 베어냈습니다.

밭매기도 무형문화제 못지않은 노하우가 있습니다. 묘목 밭은 새가 모이 쪼듯 콕콕 찍습니다. 그래야 팔분음표 닮은 씨앗머리가 묻어 나오지 않아요. 참외나 콩밭의 애벌김은 큰 풀 뽑으며 긁고, 아우거리는 흙을 푹푹 파 엎으며, 쇠비름이나 개망초를 시앗 머리채 잡아채듯 꺼들어내죠. 배추밭은 치올려 긁으며 북주고, 땅콩순은 호미를 곧추세워 흙을 덮어 줍니다. 닳아서 놋수저만한 호미로 촌 아낙들이 이런 재주를 부려요.

앙버티던 호미가 일 년 지나니 손바닥에 척 붙으며 저글링을 하게끔 되었습니다. '저걸 뽑아야' 생각이 들면 풀은 이미 손안에서 물기를 걷고 있었죠. 햇볕 쨍쨍한 날은 맨머리에 뙤약볕을 이고, 비 오는 날은 빗물에 밥 말아먹으며 줄기차게 했습니다.

일사병 따위는 무섭지 않았습니다. 36~38도의 뙤약볕을 고스란히 받는 몸은 불에 달군 대장간의 쇳덩이가 됩니다. 자외선이 두피를 뚫고 시신경까지 쳐들어옵니다. 1700원짜리 놉꾼에게 손수건만한 그늘도 시원한 냉수 한 모금도 허락되지 않았어요. 농작물과 풀이 뒤섞여 어룽거립니다, 풀인지 농작물인지 아리송합니다. 얼굴에 달린 눈 대신 손이 알아서 척척 해냈습니다.

"밭에 나오면 바랭이 웬~수."
"집에 들어선 시뉘가 웬~수."

선창을 받으며 삼백육십오 일 중 삼백사십 일을 밭고랑에 쪼그리고 앉았습니다. 5차 방정식보다 난해한 내 삶의 도형이 거기 어디쯤 있을 것 같아서요. 지나친 자외선 노출이 백내장의 원인이라는 걸 알았다면 머리에 수건이라도 썼을 겁니다.

어느 날, 유전자를 거부하고 싶은 욕망이 일었죠. 김매기가 뼈에 밴 토박이 아낙들을 제치고 싶었습니다. 아무도 눈치 못 채게 연습했죠. 5년 후에 딸기포기를 캐어 곁순을 따서 백 개씩 묶는 작업에서 1등을 해냈습니다. 평소에 100미터를 9~10초에 뛰던 실미도의 훈련병이 발뒤꿈치에 실탄을 쏠 때는 6~7초에 뛰었답니다. 이것이야말로 목숨 걸고 몰두할 때만 얻는 초능력이죠. 신의 시험을 이겨낸 종교 체험이었습니다.

멋모르고 시작해서 자동화 과정을 거쳐 초능력을 맛보기까지 순조로웠겠습니까? 머리를 무릎에 파묻고 운 밤이 많았습니다. 육신의 고단함도, 이웃의 손가락질도 아팠습니다. 깊이를 가늠할 수 없는 절망의 늪에서 발버둥 치며 세상살이 모두가 연습이라는 진리를 깨우쳤습니다.

나는 연습을 잘합니다, 연습밖에 잘하는 것이 없습니다. 십 년 전에도, 이십년 전에도 연습만 했습니다. 한 시간 후에도 내일도 연습만 할 겁니다. 운동장만큼 넓은 공간을 보면 막막합니다. 그러나 돌아보니 어제보다는 빈 공간이 아주 조금 줄었어요. 그걸 확인하는 것이 나 무룡태의 금메달입니다.

지금은 글쓰기 연습 중입니다. 연습만 하다하다 제대로 된 글 한편 못 쓰고 죽을 겁니다. 그럼에도 불구하고 내게 명령합니다.

"다시 연습하자, 반 발짝만 더 앞으로!"

2010년 8월

삼십팔 년 만에

자연향이든 인공향이든 향은 다 좋다. 향기를 풍기는 사람 곁에 서면 덩달아 기분이 좋다. '자스민'이나 '샤넬넘버5+' 같은 인공향도 좋다. 그러나 오이나 미나리, 쑥갓의 향이 더 좋다. 음력 팔월 열나흘 송편시루에서 새나오는 솔향, 늦가을 모과나 유자향, 백합이나 비비추향, 곰삭아가는 낙엽의 구수한 향이 훨씬 좋다.

옷도 체형과 궁합이 맞아야 하고, 향수도 체취와 궁합이 맞아야 본질이 두드러진다. 녹말 냄새에 가까운 내 체취와 어울리는 것은 인공향이 아니라 자연향이다. 자연 향 중에서도 휘발유 냄새와 유전자가 비슷할 인쇄 잉크향이다. 지식과 문화 갈증에 체질을 채워주는 향이 바로 잉크향이다.

오륙십 년대의 책에서는 항상 새 종이 냄새와 절묘하게 궁합이 맞는 잉크향이 났다. 군데군데 뚫려 글씨까지 삼킨 교과서를 펼치면 그 향이 먼저 일어섰다. 학교 앞 대여점에서 빌려온 삼중당의 명작소설에서도 났다. 호기심도 슬렁슬렁 일어났다. 윤전기에서 갓 빠져나온 석간─그때는 일간지가 거의 다 석간이었다─의 향은 좀 더 짙어서 대문에 떨어진 신문을 아버지 앞에 놓기 전에 코를 열어 인쇄향을 서너 모금 훔쳤다.

인쇄향은 외로움도 친구해 주는 향이라 책으로 충분히 행복했다. 그러나 인쇄물의 양이 절대 부족이었다. 내 욕망의 절반도 채워주지 못했다. 읽을거리를 찾다 찾다 드디어 남들이 냄새라고 피하는 잉크향에 갈급증을 갖게 되었다.

단칸 셋방에 신혼살림을 차렸다. 용돈을 쪼개 사 모은 문학전집과 교양서적 이백 여 권도 혼수에 넣었다. 남편 출근한 뒤 밥상 펴고 읽으려는 당찬 꿈이었다. 가장 역할이 내 몫이 되며 재산목록 1호였던 책이 장식품으로 전락했다. 어느 날 주인 여자가 방문을 빠끔히 열어보더니 월말에 전기요금을 두 배로 물렸다. 전깃불 켜고 읽지도 못한 책이, 보비위해야 할 주인의 이질감만 부추겼다.

낯선 생활에 적응하려 낯선 각오를 했다. 다섯 번째 이사할 때 고물장수에게 책을 주어버렸다. 책이 차지할 이삿짐 꼭대기에 연탄화덕과 땜질한 냄비를 실었다. 알루미늄 냄비가 달그락거리며 눈물샘을 건드려도 입술 앙다물고 참았다. 책이 아무리 좋아도, 더 절실한 것은 내 식구 입에 들어갈 밥이었다.

전기도 없는 남의 헛간에 비닐을 치고 품팔이를 했다. 일터로 가는 길에 두 군데의 연못이 위험해 네 살짜리를 가두었다. 여덟 시간 반 후에 달려와 문을 열면 갇혀있던 악취가 먼저 쏟아져 나왔다. 점심상과 요강언저리, 밥풀이 말라붙은 옷자락, 잠든 아이의 손가락과 볼에서 파리 떼가 새카맣게 날아올랐다. 쥐도 기겁해 도 망쳤다. 종일 엄마를 부르다 목이 쉬어버린 아이는

"어~어어~."

엄마를 발음하지 못했다. 다음날 떨어지지 않으려는 아이를 떼밀고 철컥 자물통을 채웠다.

"자식이 어미와 같은 고통을 겪지 않게 가르치려면 보다 더한 짓도 할 수 있다"고, 못할 짓을 한 어미였었다. 비록 며칠이었지만 아직도 그 일이 미안하다.

환경에 적응하도록 조립된 것이 사람이라 삼 년쯤 지나니 품팔이도 견딜 만했다. 먹고 배설하고 일하는데 책 없는 것은 전혀 지장이 없었다. 길들여짐이란 소름끼치게 무서운 일이다. 비오는 날은 일이 없었다. 일없는 날은 자식의 미래가 두려워 떨었다. 글자를 다시 만날 일이 아득했다.

아파트를 사고, 열댓 개 통장을 만들었다. 자유로울 줄 알았는데 구속하는 손은 달리 있었다. 이번에는 시퍼런 젊음을 낭비한 회한이 밤낮으로 덮쳤다. 든든하지만 허전한 것이 물질이었다. 지악을 떨어 쟁취할 대상은 통장의 동그라미 숫자가 아니었다. 무너지기 시작한 존재감은 구르기 시작한 굴렁쇠처럼 언덕 아래로만

내리달렸다. 매일 자신에게 사형선고를 내렸다.

다행히 아이는 행동 바르고, 공부 잘하는 모범생으로 자라주었다. 대학을 졸업하자마자 교원 발령을 받았다. 그 밤, 설날의 것보다 곡진한 딸의 절을 받고 모녀가 마주앉았다. 딸 바보가 딸을 안았다.

"엄마, 엄마를 너무 힘들게 해서 죄송해요."

"그런 말이 어디 있어, 넌 엄마의 바지랑대였어. 남의 자식처럼 잘 먹이고, 잘 입히고, 마음껏 뒷바라지 못해줘 미안하다. 그래도 반듯하게 자라주어서 고맙고."

"엄마 우울증은 약으로 치료 안 돼요. 남은 시간은 엄마 자신만을 위해 써요. 이번엔 제가 엄마 학비를 댈게 다시 공부를 해보세요."

딸이 어미 마음을 정확하게 읽어준 것이 고마웠다. 이순에 국문학과에 진학했다. 밤마다 낯선 길 헤매던 코가 다시 향바라기를 시작했다. 고등학교를 졸업하고 삼십팔 년 만에 손에 든 교과서다. 이십대와 같을 수 없어 열여섯 시간 책상에 앉아있었다. 두 번 마시고 싶은 물 한 번만 마시고, 이십분이 아까워 점심 굶었다. 화장실 출입도 참을 수 있을 때까지 견디었다. 지식이 내 것만 된다면 책을 분쇄해서 물약처럼 마시고 싶은 충동에 매일 시달렸다.

리포트 작성에 필요한 참고서적을 사러 책방에 갔다. 사면 벽에, 바닥에서 천장까지 책이 쌓였다. 겉표지들도 아트지나 켄트지로

4~5도의 색상을 넣어 화려하게 꾸몄다. 한데 책방과 도서관의 책, 조간으로 바뀐 신문에도 내 향은 없었다. 유쾌하지 않다고 생각한 사람들이 향을 제거했다. 상점마다 프랑스 남부에서 이슬이 마르기전에 수십 톤의 장미를 따서 일랑일랑과 알데히드를 첨부한 인공향수만 쌓였다.

며칠 전 도서실 서가에서 눈만 내놓은 문고판을 보았다. '아직도 이런 책이 있나' 싶어 뽑아 펼치는 순간 콧속으로 살금살금 기어드는 향기, 바로 삼십팔 년 전에 맡았던 그 향이었다. 폐 속의 공기를 토하고 들이켰다. 머릿속에 건재하던 향과 새 향은 만나자마자 얼켰다. 가슴의 세포가, 팔뚝의 지각세포들이 모두 일어나 깃발을 흔들었다.

1961년에 출판된 누런 갱지의 철학해석집이다. 쥐 오줌 자국이 그려진 갈피 속에서 쥐며느리가 기어 나올 것 같다. 유혹할 상대를 이제야 만났다는 듯 잉크 향이 '우~우' 소리치며 몰려나온다.

그것을 대여했다. 갖고 싶지만 일주일 후에 반납해야 한다. 책장을 훌훌 넘기며 잉크 향을 탐한다. 코가 벌름거린다. 삼십팔 년 전 그날의 포근함에 안긴다.

2007 년 3월

孺人達成徐氏之墓

　지난겨울 추위는 유난했다. 늦추위가 주춤거리지도 않고 꽃샘추위로 이어졌다. 3월 26일에 매화꽃비 대신 겨울에나 볼 탐스러운 함박눈이 내렸다. 봄을 기다리던 마음까지 주춤거렸다.

　만우절 아침, 만우절 같이 봄이 왔다. 한 뼘쯤 열린 부엌 창으로 광교산 골짜기를 일렁이던 봄 아지랑이가 기어들어왔다. 봄바람이 겨드랑이를 파고들었다. 등산용 점퍼를 찾았다.

　산림욕장의 관목과 리기다소나무도 무사히 겨울을 났다. 양지쪽 진달래는 늦게 왔다고 참새 부리만큼 주둥이를 삐죽거렸다. 해를 넘기고 처음 만나는 것들은 반갑다. 지날 때마다 인사를 던지던 묘 옆에 다섯 달 만에 다시 섰다.

　유인달성서씨지묘(孺人達成徐氏之墓)

비석 뒷면에,

1986年 8代孫立

그리고 옆면에 희(熙)자, 기(起)자 돌림의 후손 열일곱 명 이름이 적혀있다. 일주일에 두 번씩 인사를 던지던 무덤 속 여인에 대해 강한 호기심이 일었다. 어떤 여인이었을까? 지금이야 한세대를 삼십 년으로 치지만 조선 때는 조혼이었고 팔 대를 거슬러 올라가면 1750년경에서 1800년대에 걸쳐 살았던 여인이다.

선산에 묻히는 것이 대세였을 때 합장도 아니고 외톨로 섰다, 혹 곰보거나 다리를 절었을까, 양반인데 호적에 오르지 못하고 기생첩 대우를 받던 삼취였을까, 남편은 첫째와 둘째 부인을 전염병으로 잃은 홀아비였을까? 세 아들 혼인시켜 살림내고, 남편 죽은 후에 넷째 아들 짝을 맞추었을지 모른다. 복더위에 방문을 반 뼘쯤 열어놓았겠다.

"아버님 돌아가셨으니 계모 시어머니 시집살이 안 해도 되죠?"

"친어머니나 다름없는 분이잖아."

"어머니가 알아서 나가야지."

아들과 며느리의 대화였다.

십 년 전쯤 파지를 줍던 할머니에게 오백 원을 주고 산 손바닥만한 책이 생각났다. 4·4조의 가사가 적혀있었다. 혹 그적의 徐씨

적바림인지 모를 일이다.

　　　열다섯에 시집가니 전실 자슥 너이더라.

　　　돌림병약 겨우 구해 전실 아들 살려놓고

　　　불쌍토다 어린 내 딸 가슴에 품었고나

　　　서방없는 내 팔자가 개밥그릇 도토리라

　　　어매어매 우리어매 어쩔라고 나를 낳소

　　　낳았거던 엎어놓지 어쩌자고 키워냈소

　　　그냥저냥 데꼬살지 어쩌자고 남을 줬소

이백 년이 지난 다음 팔 대 손자는 비석을 세웠다. 얼굴도 모르는 할머니께 형제와 자식들 이름까지 넣고. 아마도 사업 망하고 생사를 건 유혹에 부딪혔을지 모른다.

　간절하고 지극한 심정이면 꿈에 조상이 보이는 수도 있다.

　"할미다. 힘들쟈? 고달플 때는 유혹이 달다. 나도 너 모르는 장소에서 너만큼 험한 세상을 살았다. 경주이씨의 자부심을 새겨라."

　꼬였던 일이 풀렸다, 자식들이 다 좋은 대학을 나와 좋은 직장을 잡았다. 손자는 집성촌을 뒤져 육대 손녀가 된다는 할머니를 만났다. 상상이란 허황된 정신 장난이다. 억지 끼어든 상상이 때로 현실과 딱 맞아떨어지는 건 기적이라고 해야 하나?

국사대사전을 펼치니 내 상상을 받쳐주는 실증이 있었다. 1746년에 전국에 전염병 만연, 1749년에 50~60만 명, 1750년 사망자 속출. 1747년에 742만 2,900명이던 인구가 1753년에 134만 명이 줄었다. 놀라운 것은 농경시대에 한 가구 식구가 4.2명이었으니 요즘의 핵가족과 비슷했다. 삼취 시어미 자리를 상상할 수 있겠다.

그때가 바로 태평성대였다. 영조 21년 230수의 시가 담긴 ≪소대풍요(昭代風謠)≫, 60년 후 723수 3책 ≪풍요속선(風謠續選)≫이 나왔다. ≪풍요속선(風謠續選)≫에는 여성작가도 11명이나 있었다. ≪동몽선습(童蒙先習)≫, ≪명심보감(明心寶鑑)≫ 같은 교육책, ≪삼국지(三國志)≫, ≪수호지(水湖志)≫ 같은 번역본, ≪장화홍련전(薔花紅蓮傳)≫ 같은 소설이 쏟아져 나왔다. 청상이나 외로운 부인들이 은비녀나 금가락지를 맡기고 방각본(坊刻本)을 빌려다 밤을 밝히는 풍토였다. 서자나 천민도 인간의 자부심을 찾을 수 있었던 조선의 르네상스였다.

홍랑은 얼굴에 상처를 그으며 정인 최경창의 3년 시묘살이를 하고 호적에 올랐다. 매창은 정인(유희경)과 나누지 못한 정을 허균과 시(詩)로 나누었다. 기생 신분을 뛰어넘는 수단이 이성(異性)이었다.

徐씨의 손에 위항시집이 들렸을 게다. ≪구운몽(九雲夢)≫에서 허무를 읽었을 게다. 한 남자의 정인에게서 해방할 수 있었고 자신의 찌그러진 운명과 화해할 수 있었을 게다. 굴뚝에 연기 오르지 않는 집 부엌에 보리쌀 바가지 놓고, 궂은일 도맡아하고, 동냥아치를 양자로 키워 손자들까지 지켜냈다. 그녀의 전설은 구십 넘은 할머니가 줄줄이 쏟아내었다. 그리 좋은 사람도 양손이 대처로 솔가한 후 소식이 끊어지며 무덤이 평토되어버렸다며.

팔자란 태어난 年, 月, 日, 時에 잠재한 운명이다. 팔자를 고친다, 곤궁한 과부가 부자에게 개가한다, 남편이 출세해 부인에게 숙부인이나 정경부인 칭호를 준다는 말이다. '팔자 도망은 죽어서도 할 수 없다.'는 말 뒤집으면 운명에 따라 남편의 꼭두각시로 살자는 말이다.

徐씨는 자진대신 자신의 형벌 같은 팔자에 충실한 여장부요, 인간존중을 실천한 사람이었다. 제삿밥도 기대 못하는 팔자에 삼종지도의 인습을 어기지도 않았고 박애사상(博愛思想)까지 실천한 것은 독서의 힘이었을 게다. 팔대 양손은 지극한 마음으로 할머니를 이장하고 한식과 추석 외에도 자주 찾을 게다. 늘 깔끔하게 벌초한 산소는 후손에게 존경받는 증거다, 내 상상의 증거물이 이리 확실하다.

徐씨 마님, 삼십 년 이생의 고난으로 삼백 년 내생이 평안하니 당신 손으로 팔자 고쳤군요. 장하시오.

2010년 4월

무애(无涯) 선생이 표절했다고

광교산은 의왕시와 용인시, 수원시에 다리를 뻗고 누워있다. 수원 쪽의 '한마음광장'에는 탁자와 의자들이 놓여 근처의 학생들 야유회 장소로 이용된다. 등산객들이 쉬어가고, 노부부가 손잡고 산책하며, 주부들이 한가한 낮 시간을 소비하기 좋은 곳이다.

나도 손에서 떨어지지 않는 책을 들고 거기 나무 의자에 앉는다, 맑은 공기 마시며 읽으니 기분도, 효과도 만점이다. 돌탑과 시비(詩碑)도 있다. 소월의 <진달래 꽃>, 이은상의 <나무의 마음>, 또 하나는 1928년 1월 10일 <조선일보>에 발표했던 파인 김동환의 <봄이 오면>이다.

내가 이 시비와 씨름을 시작한 것은 수원으로 이사 온 지 넉 달 후 2002년 봄, 처음 이 광장에 다녀온 후이다. 둥글게 다듬은 돌에 조악한 글씨까지는 보아주겠는데 '작자 양주동' 이라 표기해 놓았

다. 뒤편에는 작자의 생몰 연대도 없이 '1993. 6. 26. 건립'이라고
만 적혀있다.

황당했다. 무려 9년 동안이나 아무도 이것을 읽어보지 않았나,
아니면 양주동 박사의 시라고 생각했을까, 모두들 나하고 상관없
는 일이다. 다른 누가 고쳐놓겠지 생각했나? 다른 일에 신경을 할
애할 시간이 없었다. 그 즈음 늦게 시작한 공부에 재미를 붙여, 먹
고 자는 기본적인 시간사용도 아까워했다. 거기에 1950도식의 교
육을 받은 나는 물방치기가 딱 질색이었다. 내 의견을 표시하는
것이 서툴렀다. 나도 다른 누군가에게 미루고 모른 척 하기로 했다.

그것이 신경을 건드려 광장에 가기 싫어졌다. 책과 노트의 행간
에서 자꾸만 딴죽을 거는 이가 있었다. 방관은 거짓행위다. 이건
물방치기가 아니라 봉죽들기를 해야 할 일이다. 책을 탁 덮고 일어
서 전화번호부를 뒤졌다.

녹지계획담당과, 공원관리담당과, 공원조성담당과, 산림시설
담당과 등 비슷한 부서가 무려 9개였다. 이 많은 부서가 다 무슨
일을 하는지? 관청에 볼일이 거의 없었던 내가 그 부서들을 차례
로 순례하고 겨우 그럴듯한 곳을 찾았다. 담당자를 찾았으나 출장
중이란다. 다음날은 점심시간이라 만날 수 없었다. 한 달이 지나
서야 담당자와 통화를 할 수 있었다. 여차여차해서 전화한다고 했
더니 자기는 담당한지 5년밖에 안 되었으므로 모른다며 끊으려 했
다. '이런 인사를 보았나?'

"현재 그 일을 담당한 당신이 수정 안 하면 누가 하죠, 전임자의 과오까지 수정하는 게 현재 담당자 책임 아니요, 상사에게도 그렇게 말할 수 있어요?"

했더니 마뜩찮은 목소리로 조사해 보고 시정하겠단다.

저 쪽에서 꼬리를 내리니 언성을 높인 것이 걸려 시키지도 않은 무애 선생을 소개했다. 무애의 ≪조선고가연구(朝鮮古歌硏究)≫와 ≪여요전주(麗謠箋注)≫가 있어 ≪삼국유사(三國遺事)≫의 14수와 ≪균여전(均如傳)≫의 11수 향가를 감상할 수 있다. 그 업적을 기념비를 세워 기려야할 분이다. 자타가 공인하는 국보의 산소도 갈아 엎어버리고 표절작가로 만들어 후손의 죄를 보탤 것인가? 라고.

며칠 뒤 전화가 왔다. 중고등학교는 안 다녔던지, 그제야 교과서를 보니 김동환 작품이 맞는데, 돌이라 작업이 어렵다고 작자를 아예 지우면 어떻겠냐고.

"작품에 작자를 표기하는 건 원칙이요. 돌이라 다루기 힘들더라도 비슷한 필체로 제목보다 작게 음각해 같은 색 페인트를 칠해봐요"

라고 했다.

이건 파인에 대한 예의도 아니다. 창씨개명과 학도병 지원연설이 잘못이라고, 작품을 행적과 결부해 빼버렸던 것은 우리 손실이었다. 파인은 민족주의자나 대단한 사상가도 아니었다. <적성을 손가락질하며>가 대표작이라지만 마음여린 서정 시인일 뿐이었다. 파인의 친일은 단지 문명(文名)을 고수하고 <삼천리> 잡지 폐간 당하지 않으려는 몸부림이었다고 그의 행적이 증명한다. 300여 편의 서정시는 읽을수록 말맛이 난다. 민요조 시 <웃은 죄>

평양성에 해 안 뜬대두
난 몰라요.
웃은 죄밖에

길손에게 물 한 모금 주고 지름길 물을 때 웃으며 대답해 주고 시침을 뗀다. 길손은 너무 잘 생겼고 이성에 대한 호기심도 막을 수 없는 나이다. 낯 선 남자에게 웃음을 보이면 동네에서 매장 당하던 1930년대다. 금기와 끌림 사이에서 고민하는 음전한 처녀의 심정을 이리 절묘하게 표현한 작품은 다시 없다. 읽을 때마다 우리 말의 감칠맛을 곱씹는다. 무애 선생이, 작품을 도적맞은 파인도 짬짬이 나무랐다. 무애 선생이, 작품을 도적맞은 파인도 짬짬이 나무랐다.

공무원의 복지부동은 생각보다 심각했다. 해가 바뀌어도 시비는 그 모양새로 꿋꿋이 건재했다. 수정하고 전화 주겠다던 담당자도 소식이 없다. 몇 번이나 전화해도 담당자는 번번이 출장 중이었다. 옆 사람에게 다섯 번을 부탁해도 전화가 없다. 슬그머니 혈압

이 오르기 시작했다. 시작한 일을 유야무야 못하는 성질이 신문 독자란에 투고 할 원고를 썼다. 오후에 원고를 부치러 우체국에 가려던 날, 오전 산책을 나갔다가 고친 시비를 보았다.

그렇게 부탁했건만 부조화의 표본이다. 흰 회로 가늘고 삐뚤빼뚤하게 들어앉은 김동환은 우리가 자랑스러워할 서정 시인이 아니다.

웃어른 피곤하게 하지 말고 하던 대로만 하는 게 공무원의 불문율이란다. 그래야 살아남는단다. 한 개에 사오백만 원씩인 시비가 광교산 자락에만 수십 개다. 예산 써 없애는 안일함이야 나무라고 싶지 않지만 힘없는 시민의 진까지 다 빼 놓은 건 좀 그렇다.

사과문을 쓴 피켓을 들고 내가 시비 옆에 서고 싶다, 무심한 예지들이여.

2005년 10월

※봉죽들기; 일을 주장하는 사람을 거들어 주는 일

크려는 것은 키우자

　좋은 일을 앞두고 반갑지 않은 손이 찾아왔다. 재장바르게 불안이 왔다. 새 일을 시작할 때는 방정맞은 예감도 으레 함께 온다. 불안이다. 그동안의 노력이 헛일이 되거나 예기치 않은 사고가 나면 어쩌지 하는 생각을 떨쳐내려다 차라리 작은 사고라도 터졌으면 하는 쪽으로 기운다.

　불안은 불청객이다. 불청객 주제에 온도와 습도가 맞지 않아도 싹튼다. 물을 주지 않아도 잘 자란다. 신경클리닉 의사가 건드리지 말라는데, 원인과 경위를 생략한 이 치료방법이 도무지 먹혀들지 않는다. 신경 쓰지 말아야 한다는 부담은 더 큰 불안이다. 무의식은 자꾸 불안을 집적거리고 그 무의식을 양분으로 자란다. 두 번 건드리면 네 배, 네 번 건드리면 열여섯 배로 자란다. 이스트 넣은 빵 반죽처럼.

농약과 전착제 뿌린 채소, 항생제와 호르몬제까지 듬뿍 섞은 사료를 먹인 육류, 나트륨과 착색제와 방부제를 첨가한 식품을 먹는다. 돈 주고 비상을 사먹는 게 아닌가 싶다, 교통사고 1등 국가의 외출도 그렇다. 신호 무시하고 달리는 차를 볼 때는 내 몸이 구급차에 실려 가는 환상도 함께 온다.

　집안에 있어도 한가지다. 텔레비전의 생태계 파괴를 보면 발딛은 장소가 쓰레기더미다. 매스컴의 도덕실종을 대하면 연옥 영혼들이 회의하는 장면이 보인다. 하늘과 땅을 맷돌질하는 소리가 들리며 억센 손이 뒷덜미를 조여 온다.

　언젠가 당할 원초적인 횡액이 두려워 목회자가 되었다는 사람도 있다. 여럿이 입방아라도 찧으면 덜할까 싶어 동아리에 들어도 단체의 보폭에 맞추려면 새 불안이 싹튼다. 투우사는 투우장보다 평소에 더 불안하단다. 헤밍웨이도 더 좋은 작품을 쓸 수 없는 불안에 자신의 목구멍에 권총을 쏘았다니 대가도 그것만은 피할 수 없었나보다.

　불안은 학습된 예감이다. 지독한 공포의 후유증 반복으로 무성하게 자란다. 내 시작은 여덟 살에 맞닥뜨린 공포였다. 잠깐 풋잠이 들었었나보다. 깨어나니 양팔 위에 얼굴을 묻고 엎드려 있었다. 깜깜한 어둠 안에 내가, 그리고 윗목에 양할머니 시신이 있었다. 마루에 호롱불이 켜졌고 웅성거림이 들렸어도, 일어나 나갈 수도, 누구를 부를 수도, 팔다리를 움직일 수도 없었다. 마루로 통하는

문 바로 옆에 병풍이, 병풍 뒤에 시신이 있었다. 시신은 내가 문 앞에 다가서기를 기다렸다 벌떡 일어나

"네 이년!"

하고 호령하며 머리채를 끌어다 옆에 눕힐 것이다. 머리칼이 탱자 가시같이 뻣뻣해지고, 입술이 붙어버렸다. 곧 죽을지도 모른다고 생각하니 몸도 번데기처럼 오그라들었다. 악착스레 춥던 1948년 11월14일, 혼자 시신을 지키며 엎드렸던 한 식경의 공포였다.

양할머니 허리는 백십 도쯤 굽어 내 키만 했다. 찌그러진 외눈에 말간 물방울을 늘 코끝에 달고 사셨다. 두 살 아래 동생이 왼팔을 등에 얹고 그분의 불안한 걸음걸이를 흉내 내 식구들을 웃겼다. 우리는 양할머니를 '꼬부랑 할머니' 라 불렀다.

친할머니 말씀을 인용하면 양할아버지는 '평생을 두고 찾지 못한 준수한 귀공자'다. 지게를 벗어던지고 독학해 사십에 '중동중학교' 교감이 되신 입지전의 어른이셨다. 양할아버지의 월급이 고스란히 농토가 되고, 중농에서 지주가 되었는데 그 분의 짝은 사모님도 동서도 아닌 노비 신분이었다.

내외간 정이 좋았던 친할머니는 당신의 행복을 확인하는데 반드시 첫날밤에 소박맞은 양할머니를 등장시켰다. 동서에게 젊은 소작인에게도 쓰지 않는 천박한 말을 쓰셨다. 이따금 시집간 딸이 있음직한 서쪽 하늘을 쳐다보는 양할머니의 등에 서러움이 거머리 같이 붙어 있었다.

전쟁 전까지 반상이 남았어도 상례만큼은 예외라 머슴도 상여를 썼다. 진용(振容)으로 장식하고, 붉은 명주실 매듭의 유소(流蘇)와 시종, 꼭두로 장식한 꽃상여를 태워 보냈다. 곤곤했던 삶에게는 더욱 애절한 만가로 극락왕생을 빌어주었다.

친할머니의 지시로 시신을 헌 멍석에 말아 밟아서 굽은 등을 대충 펴 일꾼이 지게에 얹어 뒷밭머리에 묻었다. 상주인 아버지가 계셨으면 그리 홀대를 받지 않으셨을 게다. 일본에서 연락이 끊어졌다, 하나뿐인 딸에게도 알리지 않았으니 절 한번 드릴 사람이 없었다. 문상객도 없었고, 상청도 없었고, 초우제, 재우제, 삼우제에 술 한 잔, 물 한 대접 떠놓지 않았다.

양할머니가 화전민 남자에게 재가했더라면 남들과 비슷한 행복을 누렸을 게다. 허나 그분은 호적에 기재된, 한양의 남편만 해바라기하셨다. 짓궂은 운명에 대한 연민과 평생 인내에 대한 대우 정도는 받아야 마땅했다. 양할머니 원혼이 허공을 돌다 저주를 담은 부적이나 불똥을 떨어뜨릴 것이 틀림없다.

불안했다. '언젠가는 내 머리에 꼭 떨어지겠지' 라는 불안이 시도 때도 없이 찾아왔다. 고속도로를 질주하듯, 어름사니 줄 타듯 살아내는 일상에 먹구름 같은 불안이 척 앞을 막아섰다. 호랑이보다 무서운 게 무지(無知)다. 중신아비와 친할머니의 무지 때문에 키가 자라기도 전에 신경안정제를 한 움큼씩 삼켰다.

그러나 불안에도 믿을 구석은 있다. 그것은 편리하거나 유익한 것의 부록이요, 태생적인 모자람을 보충시키는 조물주의 배려이다. 불안이 주는 멈춤에서 절제와 인내를 학습하고, 배고프지 않아도 일하고, 자존감을 지키느라 손해를 감수하는 방법도 키웠다.

불안이 가장 좋아하는 숙주, 사고 안에 배면의 가치도 있다. 크려는 것은 키워야 자연스럽다. 자연스러운 것이 순리다. 반평생을 동거하고서야 그것의 의도를 가늠했다.

2010년 12월

그래, 정답은 세 번째야

천년뷔페에는 현수막이 걸리고, 오색 풍선이 주렁주렁 열렸다. 휘황한 조명, 삼백 명쯤의 축하객이 내뿜는 열기로 분위기가 한껏 달아올랐다. 엊그제 출산소식을 들은 것 같은데 벌써 녀석의 돌이란다. 몸도 지능도 태어나서 일 년 동안 가장 많이, 가장 크게 발달한단다. 멋모르고 세상 밖으로 떨어져 저만큼 스스로(?) 자란 것을 생각하면 어떤 축하의 말도 부족하지 싶다.

이런 돌잔치는 첫아기에게만 해준다. 품앗이로 한다니 아기를 핑계 댄 어른들 잔치가 아닌가? 금반지를 전하고 먹고 마시고 웃고 떠든다. 주인공 아기는 한복이 거추장스럽다고 옷고름을 풀려 했다. 엄마는 손님 상대하느라 자주 사라졌다. 생경한 풍경에 눈이 분주하더니 울음을 터뜨렸다.

동영상의 화면에는 아이의 재롱이 한창이다. 일곱 번의 시도 끝에 허리와 엉덩이에 힘을 주더니 뒤집기를 해냈다. 얼마나 용을 썼는지 얼굴이 새빨개졌다. 두 번부터는 훌떡훌떡 뒤집고 기어다녔다. 이마에 반창고를 바르고 악을 쓰고, 엄마의 립스틱을 뺨에 어지럽게 칠하고 활짝 웃는 모습이 귀엽다. 압권은 걸음마 배우기다. 처음에는 세우자마자 털썩 주저앉고, 두 번째는 오십 센티미터쯤 되는 방바닥을 내려다보더니 야릇한 표정을 지었다. 천 길 낭떠러지를 뛰어내려야하는 곤혹스러움, 절망과 원망이 가득한 그 표정이라니. 보름 뒤라는 자막이 뜨고, 아이는 두 팔을 벌리고 기다리는 엄마를 향해 한 발짝을 떼며 쓰러졌다. 박수가 쏟아졌다. 인생의 첫 관문을 통과했다. 그렇지, 세 번째다.

녀석의 어미 진규는 딸의 친구다. 내 집에 오면 밥을 두 공기씩 먹던, 배 아프지 않고 난 딸이다. 고등학생 때는 옆 반 미남 학생과 어울렸다. 자율학습 끝나고 데려다주고 휴일에도 도서관에 함께 갔다. 저렇게 한눈팔고 언제 공부해서 대학에 들어갈까 하던 내 염려와 달리 진규는 대학에 합격, 남자애가 떨어졌다. 둘의 관계가 삐걱거리더니 남자애가 '찢어지자'고 했단다.

남자는 능력, 여자는 인물이라나. 수능점수 10점만 더 올리면 남자는

"신부의 인물이 휘~얼 나아졌네"

하고, 여자는

"신분 상승했다."

외친다니 한심하기 짝이 없는 이 말이 요즘 애들의 진리란다.

그룹미팅에서 일류대학 의대생을 만났다. 남자는 포장마차표 떡볶이 대신 고급 레스토랑의 음식 먹이고, 더러 오페라의 S석에도 앉혔다.

"명예도 돈도 내가 물어온다. 너는 의사선생 사모님의 교양이나 쌓으라고. 내일 국회도서관에서 논문재료 이것 좀 찾아와." 했다나. 진규는 도서관으로 달려가는 대신 절교를 선언했다. 자신의 노력으로 얻지 못한 신분상승이 자신의 의지에게 묻지 않고 어느 날 사라질지 모른다고.

팔 년의 공백 기간을 거치고 선택한 배우자가 같은 학교의 남자 교사였다. 민주주의형 외모에 홀어머니 외아들, 여동생 둘 때문에 결혼이 늦어진 마흔 살 노총각. 결혼식장의 하객들은 신부가 밑지는 결혼이라고 수군거렸었다.

"어머니! 그 이, 윗사람에게 인정받는 성실한 사람이에요. 사랑은 모호하고 믿음은 확실하죠. 방해받지 않는 선까지만 내조와 외조하고, 각자의 발전을 위해 살기로 서약했어요. 생활비도 가사도 공평하게 분담할 거니 저는 남편과 똑같은 1순위예요. 어머니 같이 3순위는 아니죠."

아쉬운 표정을 감추지 못하는 내게 한 말이다. 3순위 말에는 영원히 1순위가 되지 못할 슬픔 같은 것이 잠재해 있다. 3이라는 숫자는 행운이 포함된 특별한 의미인데 1, 2순위를 바라보기에는 너무 아득한 순위다. 꼴등쪽에 가깝다.

조물주는 우주를 천상, 지상, 지하로 3분했고, 환인, 환웅, 단검으로 시작한 3대가 할아버지, 아버지, 손자의 가정 원형이 되었다. 곰이 3칠일 동안 쑥과 마늘을 먹고 사람이 되었고, 중이 처녀의 머리를 세 번 쓰다듬어 임신시킨 일은 신화일 뿐이지만 산신과 칠성 독성을 모신 삼성각은 여인들이 먼저 찾아 발원하는 장소이다. 삼족오(三足烏)는, 영혼을 지배하는 종합적이고 합리적인 신수(神獸)다.

관용은 세 번이다. 장기나 바둑도 세 번은 두어야 진짜 실력이 나타나고 가위 바위 보도 세 번은 한다. 두 번까지는 실수가 용납되는 임시과정이다. 세 번을 겨뤄봐야 실력을 안다. 아기도 진규도 두 번의 메시지를 잘 알아들었다. 아기의 세 번째 성공 걸음마를, 김 선생의 두 번 실패를 거울로 삼은 세 번째 배우자 선택을 진심으로 축하한다. 세 번째란 첫 번째, 두 번째를 거치지 않고는 깨닫지 못하는 불가사의한 순위니까.

정답은 신성이 함축된 세 번째다. 첫 번째는 눈썹 위로 올라붙은 자존심 때문에, 그리고 다시는 아파하는 사람을 만들지 않겠다고 두 번째 선 본 사람과 결혼했다. 세 번째 선을 보았더라면 숨도 눈치 보며 쉬는 시집살이는 하지 않았을 것을.

2010년 8월

명동을 헤매는 여인은 둘이다

10월말쯤의 저녁은 일찍 시작된다. 해가 고층빌딩 모서리에 걸 터앉기도 전에 빌딩의 네온들은 켜진다. 노래방과 바의 전광판이 빨간 불을 켰다 파란 불을 켜고 불꽃처럼 한 번에 켜기도 한다. 결혼식이 없는 밤 예식장도 덩달아 번쩍인다. 저녁 어스름이 내리 는 시간, 네온이 켜진 가슴도 촉촉해지고 발걸음도 을지갈지다.

집으로 들어가기엔 좀 그렇다. 어디로 갈까 궁리하다 오랜만에 인연 없는 동네가 되어버린 명동으로 발을 돌렸다. 겨우 한 사람이 지날 수 있었던 손톱깎이와 스패너와 외제 초콜릿이 쌓였던 긴 골 목은 삼분의 일로 짧아져 있었다. 한 평 쇼윈도우 유리 안에 T셔츠 를 진열하고 길 복판에 동그란 의자에 앉아있던 명동 명물아저씨 도 없어졌다. 국립극장 자리에도 고층 건물이 섰다. 고개를 발딱 젖혀도 〈라보엠〉에 심취했던 건물은 보이지 않는다. 24시간 편의 점과 핸드폰 가게에 젊은이들이 분잡하고 포장마차의 30촉 전구가 긴 행렬을 짓는다.

걸어본 옛 거리를 다시 걷는 푸근함이 있었다. 옛 길을 걸어보면 되돌릴 수 없는 시간 속을 걸을 수도 있다. 명동에 들어서서 알았다, 이 거리를 걸었던 십대 후반도 아름다웠던 시간이었다는 걸. 현실의 고달픔이야 어쨌든 추억은 아름답다. 아마도 지난 시간을 되새김질하고 싶은 속셈이 이 길로 끌었을 것이다.

중심은 화려다, 명동은 화려하다. 불나방처럼 사람들이 몰려들었다. 어깨와 어깨가 부딪쳤다. 이 거리에 삶의 터전을 둔 사람은 텃세하듯 고개를 젖히고 걷고, 변두리 사람도 모처럼 터줏대감을 내려다보며 활보했다. 변두리 사람일수록 번화가를 걸으며 첨단을 걷는 자신을 확인하려 퇴근하면 명동으로 몰린다. 대한민국의 중심거리를 치기도 당당하게 걷는다.

서너 발짝 앞을 한 여인이 걸어간다. 직장 여성 제복도, 판매원 의상도 아니다. 근처 의상실 마담의 로맨틱한 차림이라면 시선이 닿지 않았을 것이다. 아무나 입어낼 수 있는 색이 아닌 밝은 바이올렛의 크리스챤디올 뉴 룩 스타일이다. 허릿단 위로 도독하게 준 볼륨이 디올의 특징이다. 어깨선이 둥글고 허리선을 강조해 여성스러움을 한껏 나타낸 저 디자인은 전쟁으로 잃었던 여성성을 찾아주었고, 삼십 년 넘도록 한결같은 인기를 차지한다, 소재만 바뀐 채로. 하이힐 소리도 당당하다. 명동에 사업장이 있거나 저축

은행 뒷문으로 드나드는 VIP 고객이 틀림없다. 그녀에게 돈 꾼 일이 없는데 빚이 있는 것 같은 기분이다.

삼십 년 전에도 저리 도도하게 이 거리를 걷지는 못했다. 언제나 땅만 보고 걸었다. 설렁설렁 들뜬 화려한 분위기를 맛보려고 찾았을 뿐이다. 사지도 못할 외제 물건을 눈으로 즐기고, 비싼 입장료 때문에 국립극장이나 음악다방 근처를 서성거리기만 했었다.

딱히 갈 곳이 없는데 명동성당 종탑이 보였다. 성당에서는 대림절 성가 연습이 한창이었다. 한 쪽 층계에 쪼그리고 앉아 혼을 성가에 위탁했다. 누군가를 기다리는 사람들은 행복하겠다. 성가는 간절히 호소한다, 빨리 동참하라고. 내게 간절히 기다릴 신도 없다. 그럼에도 불구하고 세파에 더러워진 영혼이 조금은 깨끗해진 것 같다, 정화된 눈물이 나오려한다. 착 가라앉은 마음을 챙겨들고 일어선다, 청결한 이 상태로 살았으면 좋겠지만 며칠이나 가랴. 두 시간쯤 지났을 것 같다.

밖으로 나오자 어둠이 짙어졌다. 다시 인파에 휩쓸려 명동 중심에 섰다. 본 듯한 여자를 만났다. 되돌이표를 뒤적이니 한 시간 전의 크리스찬디올이다. 이번엔 앞모습을 자세히 보았다. 봉긋한 가슴 선 위에 흰색 코사지로 포인트를 주었다. 희고 깨끗한 피부에 표정관리도 만점이다. '아, 귀부인께서 일을 끝내고 돌아가는구나, 저런 분은 녹차나 커피보다는 고급 차를 마셨겠다. 인삼차나 쌍화차보다 더 고급은 무얼까?'

의상실 쇼윈도우에서 입을 벌리고 마네킹 옷을 구경하고, 금강 구두를 이것저것 눈으로 신어보고, 리어카에 쌓인 액세서리를 만지작거리다 손녀에게 어울릴 것 같은 꽃핀 두 개를 골랐다. 옆 리어카 청년에게서 풍기는 청결한 냄새에 반해 실크 손수건도 석 장 샀다. 다시 한 시간이 흘러간 것 같다. 이질적인 환경이 쉽게 신경을 피곤하게 만든다. 쉬고 싶다.

상가 모퉁이에서 회현 전철역으로 갈 방향을 가늠하고 서 있다 눈이 화등잔만큼 커졌다. 내 앞을 또각또각 한결같은 걸음으로 그녀가 다가오고 있었다. 갔다가 왔다가 다시 간다? 코오롱 스포츠 점퍼를 입은 내 모습을 잊고 몇 걸음 다가섰다. 하마터면 그 여인의 손을 잡을 뻔했다.

미장원에 가서 머리 만지고 화장하고, 날씨와 시간을 고려해, 겉옷에 맞추어 속옷까지 입었다 벗었다 하고 악세서리까지 완벽한 차림을 하는데 세 시간은 걸렸을 것이다. 그렇게 성장을 하고 일도 없는 명동 거리를 한 시간에 한 번씩 왕복하는 여인과 매일 동동거리며 사는 나는 어떤 공통점이 있는가?

눈을 내리깔고 여자의 옆을 지나쳤다, 못 볼 것을 본 것처럼. 배가 불룩한 고양이가 길가의 쓰레기통을 뒤지다 도망갔다. 고양이도 지독하게 외로운가보다.

그 밤은 편하지 않았다. 모순 속을 드나들며 갈팡질팡했다. 자신에게 충실하는 대신 피안을 지향하며 모래성만 쌓던 자괴감 때문에.

　밝는 날 다시 명동에 가보아야겠다. 크리스찬디올 차림의 그 여
자는 내일도 변함없이 명동을 오락가락할 것이다. 그녀를 다시 만
나야한다.

　"당신을 그토록 외롭게 만드는 것은 뭡니까?"

　물어보고 싶다.

2008년 10월

층계참

　건물 높이에 따라 층계참 모양도 다르다. 235미터가 한 층인 우리아파트의 층계는 열여섯 개, 여덟 개를 오르고 나면 반드시 층계참이 나온다. 반 올라오고 층계참에서 호흡을 고르라는 배려다. 아랫부분이 그대로 노출된 건물외벽 층계참에 서서 성냥갑이 기어 다니는 것 같은 차를 내려다보면 올라온 계단이 까마득하다. 이를 새려 물고 삼각형 층계참을 급하게 돌아선다. 지하철 층계참은 열세 개나 열다섯, 열여섯 개도 있다. 층계참이 없는 지하도의 서른 개 층계도 있었다.

　층계참이 꼭 아파트나 지하철 계단에만 있는 건 아니다. 눈뜨면 만나는 게 층계참이다. 삶의 구비마다 매복해 있는 층계참에 황당한 경험이 한두 번이 아니었다. 국경일에 내 집에 내 손으로 태극기를 달고 싶었다. 어느 날 신탁은행이 빌라를 공매로 내놓은 신문

광고를 보았다. 내 돈으로 마침한 물건이 가까운 거리에 있었다. 스크랩 했다가 날짜와 시간에 맞추어 명동본점을 찾아갔다. 점찍었던 15평짜리 지하빌라 최저공매가는 육백칠십만 원, 육백구십만 원을 적어 낙찰 받았다.

그날 밤 어떤 남자의 전화를 받았다. 꼭 오늘 만나야 한다고 무작정 집 앞 다방에서 기다리겠단다. 다방에 들어서자 누군가 벌떡 일어섰다. 같은 물건에 육백칠십만 천원을 적었던 사람이란다. 낮에 낙찰 받은 빌라를 자기에게 양보하란다.

사용허가서를 얻은 땅에 빈손으로 빌라 두 채를 지었단다. 은행에 근저당했고, 건축자재상 보일러 놓은 사람들이 받을 돈은 전세 놓아 챙겨갔단다. 남은 4채가 자기 몫인데, 그 중 하나가 오늘 내가 낙찰 받은 집이라나.

"그 집에 든 사람들 이제 이사도 못해요, 근저당물건이란 소문이 짜해서 세 들어오려는 사람이 없죠. 아줌마에게 집이 넘어가면 장○수에게 전셋돈을 내주어야 하는데 사업이 어려워요. 사기로 고발당할 수밖에요. 사람 살리는 셈치고 양보하시죠."

남자는 두 팔로 X자를 그려보였다. 아직 '임대차보호법'이 없었다. 십오 년 전, 갓난아기를 안고 퇴원하니 병원에 있는 동안 이십만 원짜리 셋방이 사라졌다. 집달리가 거칠게 내놓은 장롱은 한쪽 발이 부러진 채 남의 담에 기대섰고, 금이 간 항아리에서 정성들여 담은 간장이 구정물같이 새고 있었다. 살림살이야 그렇다 해도 서른여섯에 얻은 귀한 내 아기가 누워야할 작은 공간이 없는 설움에 펑펑 울었다. 앞에 앉은 남자가 감옥에 가든, 세든 사람이 길로 나앉든 모른척할 수 있다. 한데 내 기억이 너무 아프다.

집을 포기했다. 문제는 그 다음에 터졌다. 박○욱은 돈이 마련되는 대로 내가 치른 계약금 육십구만 원을 주고, 장○수가 전세를 안고 집을 사며 세금도 맡기로 합의했다. 약속날짜가 되었는데 박○욱은 다른 건으로 교도소에 들어갔고, 장○수는 매일 채근했다. 법무사 사무실에서 달라는 대로 도장을 주고 나서 보았다. 매도가 난에 일천 칠백만 원이 씌어 있었다.

"낙찰가에 십 원도 안 붙였다, 매도가도 육백구십만 원이다"라고 말했더니 사무장이 등기소에서 육백구십만 원짜리 집을 인정하겠느냐고 눈을 부라렸다. 공매건이라고 적으면 통과되는 걸 그는 알고 있었지만 나는 몰랐다.

위쪽이 터진 남자화장실의 대화가 여자화장실까지 날아왔다.

"당신이 그 집 팔 때는 양도소득세 안 물거니 한 잔 걸게 사게. 그나저나 집사고 파는 중요한 일에 왜 여자가 나다니지?"

"고발할 주변머리는 없어 보이고, 양도세고지서 나오면 찾아와 매달릴게고 치마 벗는 것도 시간문제야. 임자 없는 길가 돌이지."

"한 번 차 봐. 품에 쏘옥 들어오게 생겼겠다, 색다른 맛이겠는 걸."

장○수와 사무장 목소리다. 상대의 목소리가 크면 나는 입이 붙어버리는 배냇병신이었다. 질퍽한 화장실 바닥에 주저앉아 가슴을 쳤다. 힘없는 자가 힘에게 맞서는 일이 얼마나 무모한 일인지 알았다면 몇 달 배를 곯더라도 계약금을 포기했을 게다.

16만 9천원이 적힌 취득세 고지서가 왔다. 알만한 분에게 문의했더니 등록세가 문제 아니라 양도소득세 그물망에 딱 걸렸단다. 정부에서 부동산 투기를 잡으려 양도소득세로 매매 차액을 모조리 걷어 들이기 시작할 때였다. 1가구 1주택이라도 매수 한 달 만에 매도했으니 투기다. 1천 3십만 원의 양도소득세를 내야 한단다, 못 낸다면 감옥살이하던가.

서울에서 삼백 리 떨어진 읍의 의식거리는 천리였다. 서류에 찍힌 도장이 거짓이라면 누가 믿어줄까? 전세를 빼서 사글세로 옮겼다. 머리칼을 뜯으며 날밤을 지낸 다음날 세무사를 찾아갔다.

"공매를 아무나 해? 그거 닳고 닳은 사람들이 하는 거야. 양도소득세 틀림없이 천만 원 나와. 불쌍한 과부는 도와주라고 예수님이 말씀하셨는데… 아이구, 골치 아퍼라. 뒷배 봐주는 대가로 백만 원 내, 딱 십분의 일만."

이라며 생색을 냈다. 여러 사람 두루 좋자고 계약금 69만 원 떼이고, 문턱 넘지도 못한 집 등록세 16만 9천 원, 그 건으로 매월 사글세 15만 원에, 세무사에게 또 백만 원? '소득은커녕 손해만 보았는데도 세금을 내라니. 당겨진 용수철이 탁 끊어지는 소리를 들었다. 계단을 내려오는 발이 휘청거렸다.

법을 몰라도 상식으로만 사는 줄 알았다. 법을 들추는 사람은 법이 아니면 죄의식이 없이 법을 어길 사람들이라고. 그러나 상식으로 사는 사람에게도 법은 필요했다. 결심했다. '권리 위에 잠자는 자는 법의 보호도 받지 못한다' 고 했겠다. 위증죄를 피하려 장○수가 진실만 말한다면… 겁먹고 멀리 돌아다니던 평택세무소에 가서 지역 담당자를 찾았다. 여차저차한데 증거보다 진실이 더 중요하지 않겠냐고 억지(?)를 썼더니 장○수를 불러 사실을 확인하고 메모해 두었다. 이미 낸 등록세는 국고에 들어갔고, 양도소득세고지서에 경위서를 첨부해 장팔수를 고발하란다.

갑, 을, 병, 세 사람의 도장을 찍게 되어있는 경위서 3부를 작성하고, 안양교도소로 박○욱을 찾아갔다. 죄는 미워해도 사람은 미워하지 말라니 차비 뺀 돈을 차입해 주었다. 양도소득세는 세무서 담당자가 잘 처리해 주었다.

카오스 같은 층계참을 밟았다. 세상 사람 모두가 공모해 나를 지구에서 떼어내려 한다는 감정에서 기어 나오는데 삼 년의 시간이 필요했다. 숲 안에서는 숲이 보이지 않는다더니 오르기에만 열중했던 무지는, 오르고 내릴 거리가 다 보이는 층계참에서 보았다. 홀로서기에 꼭 필요한 것은 지악스러운 근면, 말 것은 앞에 있다고 층계를 덥석 밟는 일이다. 그래서 층계참이 필요한가 보다.

층계참의 철학은 고약하다, 내 이익이 남의 손해로 이어질 수도 있다는. 너무 쉽지도 어렵지도 않고, 짧은 내 다리가 감내할 층계참을 그린다. 하지만 험한 층계참이 또 나타나더라도 사람 냄새만은 잃지 않겠다는 고집은 고약한 층계참에서 생성되었으니 그것에게 경례를 붙이고 싶은 심정이다.

2010년 1월

지란지교도 세월 따라
—유안진 시인의 <지란지교를 꿈꾸며>를 다시 읽으며

삼십 년 전에는 글이 제법 좋은 대우를 받았다. 글 쓰는 사람의 대우가 괜찮았다. 그래서인가 글줄깨나 읽는다는 사람은 유안진 시인의 <지란지교를 꿈꾸며>를 외우고 다녔다. 더구나 눈과 귀와 입이 닫혔던 팔십 년대는 의식과 언어도 저당 잡혔었다. 지란지교는 여느 때보다 간절했었다.

명품가방은 골드미스나 귀부인이 들어야 그럴싸하고, 명시나 명수필도 시대의 흐름에 척 맞아야 빛난다. 다른 이가 펑크 낸 지면을 메워달라는 지인의 부탁으로 밤새워 썼다는 이 수필이 마른 가랑잎 같던 대중의 정서에 불을 붙였다. 시인은 하루 밤새에 명예와 부를 듬뿍 안았다.

<지란지교를 꿈꾸며>는 낭만적 문구를 차린 잔칫상이다. 시인이야 매일 낭만을 먹어야 살지만, 시인이 못 된 나는 낭만이란

현판을 읽고 들어가 동굴 속을 헤맸다. 낭만에게 찔려 상처 입었다.

지란지교를 갈망했다. 시인처럼 보들레르를 흉내 낸다면 지란지교의 친구와 지구 밖까지 함께 여행하고 싶었다. 문화재와 예술을 말하며 손잡아 징검다리를 건너고 밤에는 별자리를 보며 인생과 문학을 이야기하고 싶었다. 하지만 방문 잠그고 혼자 잠들어야 하는 현실이 막았다.

다시 읽는 <지란지교를 꿈꾸며>는 그야말로 지란지교처럼 반가웠다. 흘러간 유행가에 젖어들 듯 코끝이 찡했다. 그러나 삼백년만큼의 감성거리를 삼십 년에 건너뛰었구나 생각하니 조금 슬퍼졌다.

지금 우리는 제로섬게임에 맛 들이는 중이다. 사람보다 강아지나 고양이를 자주 쓰다듬고 스마트폰과 지란지교의 정을 나눈다. 스마트폰 안에 가족과 친구 친지의 연락처, 지식정보 등 필요한 것이 다 들어있다. 전철의자에 앉아서 일을 처리하고, 횡단보도를 건너며 지란지교를 나눈다.

강아지도, 스마트폰도 없는 나는 사람이 그리울 때 전철을 탄다. 수다스러운 사람 옆에 앉아 귀를 기울인다. 저절로 들리는 얘기에 웃어보고, 문제가 보이면 나름대로 답을 찾는다. 그러다 결국 인간단절만 확인하고 돌아선다. 사람의 숨결을 느낀 것만으로 만족하며 다시 일방적 소통을 시도한다. 텔레비전이 들려주는 소리를 듣고, 하고 싶은 말은 컴퓨터에 쓴다.

사람도 개구리처럼 뛰는 방향을 모른다. 동쪽으로 뛸 자세를 하고 서쪽으로 뛴다. 잇새의 고춧가루는 거울에게, 남의 흉은 이불 속에서 봐야한다. 약간의 변덕과 신경질을 받아줄 사람을 기대하기 어렵고, 그 자리에서 탄로 날 거짓말과 묵묵해버린 오해는 돌이킬 수 없는 피해를 가져온다. 일생을 두고 몇 사람과만 친교를 나누면, 그 몇을 제외한 모든 사람에게서 소외와 불이익을 당한다. 휴대폰에 연락처가 다섯 사람만 찍혀있는 사람은 '성격결함환자'로 단정한다. 오랜만에 찾아온 동창이 반갑지만 약간의 경계심도 챙겨야한다.

시인의 낭만을 구구절절 반박하는 것이 아니다. 호혜평등(互惠平等)의 의미가 내포된 지란지교는 물 건너갔다는 말이다. 지금은 아니다. 옳은 사람에게 박수치며 이해관계로 도장을 찍고, 유산을 더 차지하려 부모 시신 앞에서 싸우기도 한다.

삼십 년 전에 시인은 알아차렸을 것이다. 삼백 년 뒤쯤 우아하게 차를 마시며 또는, 여왕보다 품위 있게 스테이크를 자르며

"80년대 사람들은 이리 좋은 세상을 살았구나"

라는 생각을 끌어내려고 이 작품을 썼지 싶다.

신영복 교수는 자본주의의 인관관계에 대해 말했다.

"당구공과 당구공의 부딪침"

이라고. 우리는 원하든 원하지 않든 매일 일회용 당구 게임을 반복

한다. 사람과 사람은 늘 부딪치고 상처주고 상처받는다. 부딪는 공이나 부딪힌 공이나 아프다. '우리' 라는 말을 입에 달고 우리는 실은 우리의 윗자리에 존재하고 싶다.

그러므로 '우리' 라는 단어를 썩 좋아하지 않는다. 우리 고향, 우리 선배, 우리 형제 등의 단어에서 어쩔 수 없이 '짐승의 우리'가 연상된다. 우리를 강조하면 또래끼리 뭉치고, 우리 밖의 더 많은 무리들은 외면해야 한다. 박애사상(博愛思想) 까지는 흉내를 못 내더라도, 혼을 거년스럽게 만드는 쇼비니즘을 부추기는 풍토를 조장한다, 싫다.

지란지교를 누리는 방법도 달라졌다. 그적의 지란지교가 에로스에 근접했다면 오늘의 지란지교는 에피쿠로스적 쾌락에 가깝다. 굳이 오랜 시간과 공간을 공유하지 않아도 좋다. 수만리 밖 사람과 통화하고, 실시간 메일을 교환하니 고무신 끌고 갈 거리가 무의미하다. 까마득한 날의 플라톤, 아리스토텔레스와도 통하지 않던가? 저쪽에서 나를 전혀 알지 못해도 한 지구에 존재했던 인연으로. 한 세기 전의 사상가, 얼굴 모르고 말도 섞지 못한 지구 반대편 잉카인과 소통할 수 있다. 주파수를 맞출 수만 있다면. 그리고 그 소통은 영원하고 진한 것일 수 있다. 우리가 추구해야 할 지란지교 인지도 모른다.

창밖이 소란스러워 내다보니 광복절 전야 불꽃놀이다. 오색 불꽃이 날아드니 가슴이 밝아진다. 독립투사들께 긴 묵념을 드린다.

그리고 다음 순서에 내 몫도 찾는다. 8월 14일은 내 생일.

"무궁화와 벌개미취가 풍성한 잔치를 차린다. 국가에서도 저리 축하해주니 내 탄생도 독립유공자만치 대단한가보다."

이런 농담을 한다, 보편 속에서 개별적 의미를 찾는 버릇이다.

상처 주지도, 받지도 않는 내리찍기와 멋진 스리쿠션 방법, 대시인이 '새 패러다임의 지란지교' 란 작품을 쓴다면 이 비슷한 것이 아닐지?

2009년 12월

※내리찍기; 스리쿠션을 치려고 당구체로 위에서 공을 내리찍는 동작

세상에서 가장 큰 항아리

　나는 옛 물건에 대한 애착이 많다. 다른 사람이 고물이라고 부르는 물건에서 내 할머니나 증조할머니를 본다. 연자매나 풍구, 탈곡기에서 어린 날의 풍요를 만나고, 반질반질한 다듬이방망이나 홍두깨에서 여인의 고달픔을 만난다. 풍물시장의 떡살이나 다식판을 보면 시간은 하냥 거꾸로 달린다. 옛 물건의 손때는 조상들의 꿈과 지혜, 그리고 정이다. 아득한 옛날에 내가 그것을 썼을 것 같은 착각에 빠진다.

　새 아파트로 이사하면서 앞 베란다에 장식용 장독대를 꾸몄다. 배불뚝이 큰 항아리는 아버지의 유산이다. 그것을 뒷전에 안치고, 내가 쓰던 중간치는 가운데, 앞에는 아기 조막만한 항아리 열여섯 개를 사다놓았다. 차례상 진설하듯 줄을 맞추어서. 받침돌도 기우뚱하게 놓아 퉁명스러운 모습으로 꾸미고, 소래기 위에 바람막이 돌도 자연스럽게 놓았다. 중간 중간에 소철과 팔손이, 산세베리아 화분도 놓았다. 햇살이 일렁이는 대로 항아리와 화초에 명암이 엇갈리면, 달디단 감흥은 옛날 장 향기를 맡는다. 정취도 그만, 인테리어 효과도 만점이다.

고향집 장독대는 우물 뒤쪽에 있었다. 이십 평은 넘지 싶었다. 수박만한 것, 중두리, 멋없이 길다란 새우젓 독, 장정 다섯 명은 들어갈 커다란 독까지 오륙십 개 항아리들이 키대로 줄을 맞추고 있었다. 묵은 간장과 된장, 황석어젓, 새우젓 같은 젓갈, 철철이 담그는 장아찌, 광으로 들어가지 못한 잡곡, 엿기름, 굴비, 어머니의 비자금도 소금항아리 속에 숨었었다. 내 재산목록 1호인 공깃돌, 빈 동동구리무병, 쪽진 옥수숫대 인형도 항아리 안에 모셔두었다.

어머니는 하루에도 수십 번 장독대를 오르내렸다. 아침에 소래기 열고 해지기 전에 덮으러, 물행주질 하러, 장아찌 꺼내러. 무릎을 짚고 오를 때마다 흰 인조견 속치마가 잠깐 반짝였다.

모두 들에 나가고 혼자 남은 날, 뚜껑이 닫힌 항아리들을 하나씩 열어보았다. 파란 하늘도 거기 들어있고 구름도 지나갔다. 옆에 항아리에는 뒷동산의 느린 능선이 한가롭게 누워있었다. 까치발로 빈 항아리 안에 고개를 디밀고 소리 질렀다.

"와~와, 나 심심하다."

"와~와, 나 심심하다"

항아리들은 꼭 반 박자 늦게 답했다. 다섯 살 계집애는 봄부터 가을까지 장독대 앞 볕 바른 곳에서 혼자 공기를 집었다.

아버지 소식이 끊어졌을 때 어머니가 정화수 떠놓고 빌던 장소가 장독대였다. 친정 오빠 부음을 듣고 눈물을 찍어내던 곳도, 치마말기에서 아버지 편지를 꺼내다 민망한 표정을 짓던 곳도, 어려운 친정피붙이한테 잡곡 두 되 퍼주고 입단속 시킨 곳도 큰 장독 뒤였다. 사랑은 아버지와 남자 손님들의 장소, 안방과 마루와 광, 안마당과 바깥마당이 모두 할머니의 영역, 어머니의 공간이 부엌과 장독대다.

항아리나 또는 다른 옛 물건에 좋은 추억만 가질 수 있다면 얼마나 좋은가? 1950년 여름, 그 밤을 돌이켜 생각하면 지금도 머리칼이 곤두선다. 난리가 났어도 산골이라 인민군은 구경도 못했다. 소작인들이 물색 모르고 날뛰었다. 마을마다 결성된 인민위원회원들이 날마다 지주를 잡아다 때리고 아낙들까지 욕보였다. 인심을 잃지 않았던 아버지만 무사했다.

칠월 초였다. 마당의 모깃불도 사위어 잠자리에 막 들려던 참이었다. 동리에서 2킬로미터나 떨어진 우리 집에 낙오된 국군이 절룩거리는 동료를 부축해 찾아왔다. 밥을 먹이고, 밤도망에 좋게 검은 옷을 찾아 입히고, 미숫가루를 싸고, 그들이 벗은 옷과 신을 아궁이로 밀어 넣느라 어머니가 바쁘게 돌아갔다. 전세를 묻는 아버지께 그들이 말했다.

"조금만 참으십시오, 국군이 곧 치고 올라옵니다."

아버지도 검은 옷을 입고 뒷문으로 막 나서려던 참이다. 대문을 발로 차며 고함치는 소리가 났다. 총을 꼬나든 청년들이 들이닥쳤다. 우리 집에서 나가는 국군을 소작인이 보았고, 십리 길을 걸어 위원회에 보고했다. 별렀으나 핑계를 잡지 못한 지주다. 아버지는 현장에서 총살당할 판이다.

담이 컸던 할머니는 흔연스럽게 대문을 따셨다. 그들은 사랑채와 헛간, 안방의 다락부터 변소까지 샅샅이 뒤졌다. 소작인 박씨는 총을 꼬나들고 뒤곁을 돌고 굴뚝과 장독대까지 살폈다. 아버지가 숨은 큰 독을 유심히 보는데 꼬마들은 참았던 울음을 터트렸다. 자칭 인민해방군들은 할머니에게 총부리를 겨누었다, 방금 전까지 있었던 아들 어디 갔느냐고, 있는 곳을 대라고.

"서울 큰형이 총에 맞았단다. 전갈 가져온 조카 따라 밤길 떠났다. 오면 이르마, 너이 본부를 찾아가라고. 이놈들, 나나 애비가 네게 그리 야박하게 대했더냐?"

할머니 호통에 머쓱해져 수군대더니 돌아갔다. 독에서 나온 아버지는 그 길로 뒷산을 타고 처가로 피신하셨다. 다음날부터 고부가 그 항아리에 정화수를 떠놓고 빌었다.

후에 박씨는 아버지가 숨은 독을 일부러 모른 척 했다고 실토했다. 아버지는 악덕지주가 아니었다. 가을 마당질을 할 때도 다른 지주들과 다르게 고봉 말질을 시키셨고 어려운 소작인에게 더 신경을 쓰셨다. 박씨의 아들 병원비 주어 살렸고, 부모가 돌아갔을 때 칠성판부터 달궁장이 입치다꺼리까지 선선히 대셨다. 1·4후퇴 후 아버지가 청년단 단장일 때는 박씨가 선처 받도록 힘쓰셨다.

아버지는 대학노트에 당신 일등급 논을 먼저 쓰고, 들고 다니며 추렴해 네 칸짜리 '성남국민학교'를 세우셨다. 쇠꼴을 베거나 개울에서 멱이나 감으며 소일하던 아이들의 부모를 설득해 학교에 넣으셨다, 동네 유지셨다. 굶는 사람이 있으면 가슴을 치는 분이셨다. 주머니에 돈이 붙어있지 않았다. 그리고 불평하는 우리게 말하셨다.

"돈이란 내 주머니에 있어도 내 것이 아니다. 하늘이 더 급한 사람 위해 쓰라고 내게 맡겨둔 물건이다."

세상에서 가장 큰 그 항아리는 내 집 베란다에서 아직도 이리 말한다.

한식집 마당이나 된장마을에 줄지어선 항아리도 고향 느낌을 준다. 언젠가 버스 안에서 녹물 흘러내리는 양철 지붕의 오막살이 옆에 흙먼지를 뒤집어 쓴 두 개의 작은 항아리를 보고, 여나믄 개의 항아리를 놓고 옛말하며 살라고 빌어주었다. 골목길을 걷다 낮은 담 너머로 우연히 들여다본 장독대는 반가웠다, 주책없이 반가웠다. 장독 꾸밈새를 보니 그 집 안주인의 장맛을 가늠할 수 있겠다. 빙긋이 혼자 웃었다.

오늘, 세상에서 가장 큰 항아리의 먼지를 닦고 소래기 위에 생수

한 공기를 놓았다. 오십육 년 전 아버지를 지켜주었듯이, 여행 중인 내 딸을 보살펴주기를 바라며.

《창작수필》 2006년 여름호